Georges-Arthur Goldschmidt schließt mit dieser Erzählung (er selbst nennt sie so) direkt an seine vorausgegangene Überlebensgeschichte ›Die Absonderung‹ an. Wie erinnerlich, beschreibt er, wie ein zehnjähriger Hamburger Junge (jüdischen Ursprungs, doch aus einer protestantischen Familie stammend) in die französischen Alpen verschickt wird, um dort die Nazi-Zeit zu überstehen. Er landet in einem versteckt gelegenen Kinderheim in Savoyen. Das war 1938. Mittlerweile, im Herbst 1944, rückt das Kriegsende näher, die Alliierten haben bereits Westfrankreich befreit, deutsche Besatzungssoldaten auf dem Rückzug durchkämmen selbst abgelegene Gegenden auf der Suche nach Résistance-Leuten und untergetauchten Juden. Der Ich-Erzähler überlebt schließlich dank der Hilfe zweier Bauernfamilien. Für ›Die Aussetzung‹ gilt wie für ›Die Absonderung‹: hier war ein höchst sensibler Autor am Werk, der ganz unpathetisch und unspektakulär, dafür zisiliert genau die Ängste eines Pubertierenden beschreibt und dessen Umwelt in beinahe archaisch organisierten Bauernfamilien. ›Die Absonderung‹ wurde seinerzeit mehrfach ausgezeichnet. Peter Handke hatte dem Band, den er auch übersetzt hat, ein sensibles Nachwort beigesteuert. Die ›FAZ‹ schrieb zur ›Absonderung‹: »Für die deutsche Literatur ein unverdienstes Geschenk«. Dieser Satz gilt auch für den Folgeband, den Goldschmidt übrigens auf deutsch verfaßt hat.

Georges-Arthur Goldschmidt wurde 1928 in Hamburg geboren; verbrachte die Zeit des Nationalsozialismus in Frankreich; später Gymnasiallehrer für Deutsch in Paris; Autor von Romanen und Essays; wurde 1991 mit dem Geschwister-Scholl-Preis und 1993 mit dem Bremer Literaturpreis ausgezeichnet: ›Die Absonderung‹ erhielt den Literaturpreis des Südwestfunks 1991. Er lebt in Paris.
Von Georg-Arthur Goldschmidt außerdem im Fischer Taschenbuch-Programm: ›Der unterbrochene Wald‹ (Bd. 11866) und ›Die Absonderung‹ (Bd. 11867).

Georges-Arthur Goldschmidt

DIE AUSSETZUNG

Eine Erzählung

Fischer Taschenbuch Verlag

Veröffentlicht im Fischer Taschenbuch Verlag GmbH,
Frankfurt am Main, September 1998

Lizenzausgabe mit freundlicher Genehmigung des
Ammann Verlags & Co, Zürich

Satz: Dörlemann Satz, Lemförde
Druck und Bindung: Clausen & Bosse, Leck
Printed in Germany
ISBN 3-596-13875-2

Für Benno S.

Die Aussetzung

Man muß mich nackt auf die kalte Straße werfen, dann stelle ich mir vielleicht vor, ich sei der allesumfassende Herrgott.

Robert Walser,
in: Jakob von Gunten

I

Scherenschnittgenau stand der tellerblaue Morgenhimmel über dem Bergkamm, jede Tanne davor ausgespart. Die noch länglichen Schatten bildeten die Unebenheiten der Abhänge nach. Aus der Schlucht stiegen Dampfschwaden vom Nachtregen auf. Der Junimorgen leuchtete wie schon seit Tagen nicht mehr, das Licht war hochgolden, die Umrisse scharf, ein Tag voll Erwartungen und sich öffnenden Weiten.

Über das Fenstersims hinuntergebeugt konnte man mit den Kieselsteinen vor dem Haus spielen und zugleich drinnen mit den Füßen auf dem Holz des Fußbodens scharren. Im Hintergrund stampfte der Bauer umher und die Kühe rasselten an den Ketten im Stall, während die beiden Töchter sie versorgten. Seitlich vom Wohnraum, hinter einer dünnen Holzplanke, lag der Stall unter niedrigen Deckenbalken, waagrechte Tannenstämme, vielleicht vor langer Zeit am Abhang im Rauschen des Sonnenmorgens gestanden. Die Knollen und Ansätze der Äste standen dunkelbraun heraus. Vor genau hundert Jahren, 1844, waren die Balken eingesetzt worden.

An diesem Morgen sollten sie beide, der Bauer und der Knabe, Mist fahren und er hatte sich schon vorgestellt, wie die eingesackte überkrustete hartgrau gewordene Oberfläche reißen würde mit der warmbraunen, durchhalmten Masse darunter.

Er ließ die Arme baumeln und hinter ihm lag der längliche holzgetäfelte Raum, stand der runde Tisch am Fenster mit dem rotkarierten Wachstuch. An der Wand hinten die Monstranz unter einer Glashaube und auf dem Bord der Radioapparat. Im ganzen Haus waren es die einzigen glattglänzenden Gegenstände, sonst war alles rauh, hart, hölzern, abgeschabt von altem Gebrauch, die Tonteller blasenüberzogen. Im Schrank der Bäuerin lag ein seidenes Tuch, über welches sie manchmal mit der Hand strich, als wolle sie auch Regelmäßiges, Glattes, Sanftes fühlen.

Der Radioapparat war aus braunlackiertem Holz, in der Mitte eine runde stoffüberspannte Öffnung mit Goldfäden durchwoben. Wenn man leise mit dem Finger darauf trommelte, durchzuckte die Leere dahinter den Körper. Zum Radiohören lehnte sich der Bauer an die Holzwand mit dem Bord in Kopfhöhe, er hörte das Schweizer Radio, Radio Sottens, Radio London und Radio Paris, den Sender des verratenen Frankreichs, da sprachen immer mit krächzenden, heiseren Stimmen die Kollaborateure, von denen der Knabe, obgleich er doch Deutscher war und noch ein Kind, wußte, daß sie sich nur aus Feigheit dem Nazisieger ausgeliefert hatten.

Am liebsten hörte er Radio London, zur vollen Stunde, die von einem motorradähnlichen Geknatter immer wieder überdeckt wurde, er wußte, daß da Freunde sprachen und jedesmal, wenn die breite, ein wenig belegte und belustigte Männerstimme den Singsang: »*Radio Paris ment, Radio Paris ment, radio Paris est allemand*« anstimmte, fühlte er sich wohl.

Dann kamen immer die vier dumpfen Anfangstakte der fünften Symphonie von Beethoven auf der Pauke geschlagen und die Geheimbotschaften für die französische Résistance: »Morgen kommt Onkel Paul« oder

»Der Gärtner hat Tulpen gepflanzt« (zweimal) oder »Emil läßt grüßen.« ... Beim Hören entstanden unbekannte Stadtlandschaften mit leeren Straßen zwischen Mauern am Abend mit einem vorbeiknatternden Motorrad und hinter dem verstaubten Schaufenster eines Haarschneiders, wo eine Pappfigur als Reklame für ein Shampoo stand, hörten Widerstandskämpfer ihre Geheimbotschaften mit.

Der Bauer trug eine früher blaue, jetzt stellenweise grau-weiß verblichene Joppe. Es war der 6. Juni, kurz vor neun, wieder knarrte und zischte es aus dem Radio, aber plötzlich sagte eine bis dahin nie gehörte Stimme: »Heute morgen um sechs sind die alliierten Verbände in der Normandie gelandet. Es ist der Anfang der Befreiung des Vaterlandes.« Er stellte sich in einer unendlich entfernten Ebene am Horizont das dumpfe Dröhnen der Geschütze vor und dachte an den größeren Bruder.

Die Deutschen waren gekommen, die beiden abholen. Man hatte sie denunziert, der größere Bruder war aus dem Fenster gesprungen; beide waren erst als es Nacht war zurückgekehrt und schon war das Hausinnere wie von ihnen entrückt, als gehörten sie nicht mehr dazu.

In der selben Nacht noch, bevor man über sie entschied, hatten beide, der größere Bruder und er, bei dem Bauer Socquet, ganz in der Nähe des Internats, im Dorfteil les Pettoreaux in der Futterkrippe der Kühe geschlafen, über ihnen das warme, erstaunte Mampfen der Kühe. Für eine einzige Nacht, länger wollte es der Bauer nicht riskieren, auch war man zu nahe am Internat, er könnte als Geisel von den Deutschen, die das Dorf besetzt hielten, erschossen werden.

Nun wohnte er schon seit neun Monaten hier auf dem Bauernhof La Livraz. Seitdem war die Angst in ihm noch tiefer, fester hinter der Bauchwand gelegen, er konnte sie aus sich heraus fühlen, fast wie von innen berühren, eine langsam schwärende Geschwulst, die sich in ihn hineinfraß.

Der große Bruder hatte sich zu sehr geschämt und so hatte es die Anstaltsleiterin des Internats, wo er nun schon seit Jahren lebte, erklären müssen, als die Gerüchte immer genauer wurden: die Deutschen suchten die umliegenden Dörfer nach Flüchtlingen ab. Er sei Jude, wurde ihm gesagt, ob er das denn nicht wüßte, und da er aus tiefer Überzeugung verneinte, dafür schallend geohrfeigt wurde, wieder einmal ein schon so großer Junge, hatte er laut aufgeheult, vom Selbstmitleid erfüllt, und so vehement beteuert, daß er es nicht gewußt habe, daß ihm doch Glaube geschenkt wurde. Er hatte in sich hineingehorcht und es hatte ihn gewundert, so etwas in sich zu haben, von dem er nichts wußte und nichts fühlte, es war etwas, was den anderen nicht vorgeworfen wurde, und hatte sofort verstanden, es war das, was er abends im Bett machte, das war es, das Judesein: das Schlimme.

Am nächsten Morgen hatte man beiden, sie hatten ganz angezogen geschlafen, Milchkaffee in den Stall gebracht und Butterbrote, wie sie schon lange keine mehr gegessen hatten. In der Brotscheibe öffneten sich die runden abgebissenen Stellen vom dunklen Hintergrund abgerundet ab. Die Anstaltsleiterin erschien plötzlich unter den niedrigen Balken, unerwartet und seltsam sie selbst, da wo man sie nicht vermutet hätte.

Auf Umwegen sollte der große Bruder in

ein anderes Dorf und er in einen entfernten Bauernhof gebracht werden, im Hochtal am Fuß der Aiguilles-Croches gelegen, den Namen kannte er, die ganz Großen des Internats waren da schon auf Ausflug gewesen. Vielleicht war man in der Nacht schon hingegangen. Er wurde erwartet. Zuerst war es der Weg des alltäglichen Spaziergangs gewesen: an den geschlossenen balkonumgürteten Hotels vorbei und dann zu beiden Seiten der schnurgeraden Straße, die ansteigenden Abhänge, die Gebirgskuppen darüber und unten der Einschnitt der Schlucht.

Diesmal auch wieder das Erstaunen, mit einem einzigen Blick so viel Landschaft zu sehen, nach der kleinen vom Berghang abgestuften Hochebene plötzlich eine flache Bachlandschaft, Birken am Wasserrand, am Baum angelehnte, verwitterte Bretter, ein Gitter wie anderswo auch in Stadtnähe. Im Hintergrund aber, drehte man sich um, lag da bis in unermessliche Fernen der Himmel über der ganzen Talöffnung, bis über unsichtbare Ebenen hin, wo das Land lag, wo aber Gefahr war, überall; es war Frankreich, wie es das Land für ihn noch nicht gab, von der

Besetzung überfroren, als läge es heimlich unter sich selbst und warte.

Das Anschlagen einer Gartentür, ein kurzes Hämmern, ein Schleifen, von überall erklangen ferne Geräusche, als stünde man auf einer Insel. In diesem Dorfteil, er hieß Le Planellet, kannte man ihn – noch vor wenigen Tagen war er zum Milchholen dagewesen – trotzdem stand die Angst in ihm: von allen Seiten konnte man ihn anspringen. Er schämte sich aber beinahe, daß er sich für so wichtig hielt. Dabei wurde er wieder einmal von sich selbst überfallen, gerade jetzt, so daß er kaum noch atmen konnte, mit steifen Beinen ging, als lähme ihn der Ekel, er selbst zu sein, so grotesk exponiert und gezeichnet von schändlicher, schamloser Geburt. Auf dem etwas erhöhten, hellen Weg, zwischen den beiden Grasufern auf beiden Seiten die tannenbedeckten Abhänge und vor ihm geradeaus die zugemauerte, ungeheure Wand der Aiguilles-Croches, die immer höher wurde und immer gleich weit weg lag.

Die beiden abgerundeten Spitzen der Aiguilles Croches erhoben sich kaum vom beinahe waagerechten Bergkamm, so hoch, daß er fast das ganze Blickfeld verdeckte. Vom Kamm hingen die Abhänge dachartig herab, abgerundete Kuppenansätze, die auf einmal auf gleicher Höhe, alle drei zugleich, wie mit einem weltgroßen Messer in unvordenklichen Zeiten tranchiert worden waren und nun wie riesige zugemauerte Bögen bis ins Hochtal herunterreichten. Davor, landschaftsgroß, die flache Talöffnung im Hintergrund, bewaldet, so weit, daß ganze Dörfer darin Platz gefunden hätten.

Auf der Grasfläche zur linken Seite, La Livraz, ein einziger von Wiesen umgebener Hof, am Schluchtenrand, niedrig, heruntergedrückt unter einem riesigen Satteldach, dessen Schindeln teilweise mit Wellblechplanken ausgebessert worden waren, die unter der Sonne blinkten. Ein wenig in der leichten Mulde eingesackt, lag das Haus, reglos, still und er, ein wenig höher gestanden, betrachtete dabei seine Unterkunft. Käme ihm jemand nach, würde er nicht ahnen können, daß er es mit einem vogelfreien, schuldigen Jüngling zu tun hätte, der da irgendwo unter dieser Bedachung für einige Zeit wohnen würde.

Unter vorspringendem Holzgiebel lag das doppelgescheitelte Gebäude. Der Holzverschalung entlang lief eine Galerie mit einem vom Wetter dunkelgrau gefärbten Geländer, dessen zerfurchtes Holz teilweise absprang; darunter gingen die beiden Fenster des Wohnraums auf den Misthaufen.

Der Eingang war wie immer zur Längsseite des Hauses mit Granitplatten davor und einer Holzbank: vielleicht würde er da auch schweigend sitzen dürfen und die ganze Landschaft um sich herum sich ausbreiten lassen.

Die graue verwitterte Haustür stand offen, auf einen engen holzgetäfelten Gang. Er zögerte eine Weile davor, aber als er dann eintrat, glitt die Angst von ihm auf einmal ab, als gehöre sie nicht mehr zum Körper. Es war, als wüßte man nun nichts mehr von ihm, zwischen den Holzwänden aus senkrechten, breiten, aneinandergefügten Brettern. Es hingen da einige rundförmig ausgesparte bräunliche Photographien in schweren lackierten Rahmen: starre Gesichter mit angestrengten Blikken, flach gescheiteltem Haar und alter ungebräuchlicher Kleidung aus dunklem Sonntagstuch. Sie hatten sich bestimmt innerlich lange auf das Photographiertwerden vorbereitet. Es waren die Eltern, die Vorfahren auch des Bauern. Sie schonten ihre Kleider und trugen in sich die Erinnerung an die langen Fahrten zur Kirche, mit den unzähligen, winzigen dennoch lebensgroßen Begebenheiten: der umgestürzte Kirschbaum, die den Weg hinunterrollende Radfelge, das bei der Rückfahrt stürzende Pferd oder der über seine Ufer tretende Bach und vor allem die Himmelsfarben, die aufeinanderfolgenden Tage, jedesmal, wie nie gewesen. An den Wänden zogen sich hier und da Schrammen entlang, hellere oder dunklere Stellen von den vielen Menschen, die durchgegangen waren.

Nun umschloß ihn das Haus, von außen war er unsichtbar, es ließ sich nur eine vierekkige Bedachung wahrnehmen, man konnte nichts vermuten, nichts von dem schon größeren, mageren Knaben ahnen, der verboten gehörte.

Er wußte nur, daß man für ihn hundert Francs pro Tag zahlte, aus der Schweiz, eine ältere Verwandte, er hatte sie ab und zu gesehen, in weißem Sportanzug, wie sie neben ihrem Wagen stand, in dem der unter der ledernen Vorbedachung sitzen gebliebene Chauffeur wartete. Sie sprach mit lauter, sicherer Stimme. 1937 war sie auf dem Luxusdampfer »Normandie« mit ihrem Sohn nach New-York gefahren und hatte die ganze Reise lang zur Rechten des Kapitäns zu Mittag gegessen. Viele Jahre später hatte er dann in einer damaligen Illustrierten ihre Reise in Glanzfotos abgebildet gesehen. Sogar die Speisekarte war mitphotographiert worden.

Damals als der Bruder und er der Herkunft wegen aus Deutschland hatten weg müssen, hatte sie sich ihrer angenommen und ins Internat gesteckt, wo sie seitdem gewohnt hatten. Einmal hatte sie den Jungen in die Stadt hinuntergefahren, seiner schlechten Gewohnheiten wegen, zum Arzt.

Während der ersten Monate nach Kriegsausbruch war sie ein paarmal am Internat vorbeigekommen und wenn sie dann gerade auf einer Wiese Fußball spielten, lief und rief er viel her und hin, nur um der Dame als besonders interessant zu erscheinen und ihr zu zeigen, daß es sich lohnte, für ihn ihr Geld auszugeben. Natürlich brachte er dabei das ganze Spiel durcheinander, und die anderen jagten ihn von der Wiese weg, noch bevor die Verwandte sich entfernt hatte; sie zuckte nur die Achseln, wandte den Kopf ab, und der Gedanke ließ ihn nicht los, daß sie ihre Auslagen bereute.

Dann war sie plötzlich nicht mehr da und schickte das nötige Geld für ihn und den Bruder über verzwickte Umwege. Er hatte nicht herausbekommen, ob der Bauer ihn nur des Geldes wegen aufgenommen hatte.

Man mußte seine Schritte gehört haben, es wurde am Ende des Gangs eine kleine Tür in der Rückwand geöffnet, die zu klein im zu großen Rahmen hing, schief ausgespart, mit einer steilen Holzschwelle davor, die sie noch höher und kleiner machte. Es bückte sich ein großer Körper heraus, den Kopf voran, die Haare braun, wie aneinandergeklebt, ein älteres Gesicht. Zwischen Nase, Ohr und Kinn war die Wangenfläche breit, senkrecht, stoppelig, mit kleinen Poren überzogen, von denen der Mann nichts ahnte und die doch zu ihm gehörten.

Im Halbdunkel der Küche stachen einige

helle Möbelstücke hervor, die sich nach und nach aus der Dunkelheit herausarbeiteten. Schrank und Sessel waren wie fehl am Platz. Ein einziges kleines Fenster erhellte die Küche und vom offenen riesigen Hohlraum des Kamins, der sich bis zum Dach verjüngte und oben nur eine kleine viereckige Helligkeit durchließ, fiel ein Schimmer herunter. Die Küche war aus dem Felsen herausgeschlagen worden und der Felsen von draußen war drinnen der Fußboden. Der längliche Tisch mit einer Bank – auch hier würde er, wie im Internat, nie auf Stühlen sitzen – zu jeder Seite war mit einem Wachstuch zur Hälfte bedeckt. Durch das kleine Fenster sah man die Grashalme am Felsen, die sich im Wind bewegten.

Am Tisch saßen zwei Mädchen in seinem Alter, und die kleine Bauersfrau stand am niedrigen Herd neben dem Kamin. Das Rohr reichte nach einer Biegung hinein. Die Bauersfrau lächelte ihn an und er bekam einen Teller aus dicker Tonware vorgesetzt: braune gebratene Kartoffelpuffer und Buletten. Obgleich sie alle ovalförmig waren, war jeder Puffer anders gelblicher oder dunkler gebraten. Als er die braungebratene, halbweiche

Kruste im Munde zergehen fühlte und sich dabei die anderen im Teller noch übrigen ansehen konnte, fühlte er sich auf einmal, als brauche er sich nicht mehr anzustrengen, um weiterzuleben. Er brauchte sich nicht mehr in sich selber hochzustemmen. Die Freude, die ganz hinten immer hinter der Traurigkeit und dem Heimweh gestanden hatte, lockerte ihm auf einmal den Körper: er konnte so tun, als sei er nicht er selber. Als er fertig war, wurde ihm der Teller nachgefüllt.

Er bekam schwarzen Kaffee aus einer Kanne, die am Herdrand stand, in einer großen Schale mit einem Löffel, den man drin ließ, wenn man trank. Er wurde fast wie ein Gast behandelt und man führte ihn in den Wohnraum, als wüßte man nicht recht, was man mit ihm machen sollte: die beiden Mädchen kamen hinterher, sie trugen Kniestrümpfe und Holzpantinen. Er schaute sie kaum an, damit man ihn später nicht anklagen könne, er habe sich an ihnen vergehen wollen.

Eine andere, an drei Lederangeln befestigte Tür, öffnete sich auf einen vom Licht überfluteten großen Raum, wo die Alkoven der Eltern zu einer Seite, die der beiden Töchter auf der anderen lagen, mit vorgezogenen Vorhängen aus steifem farbigem Tuch, das der Eltern war unten kleidartig bestickt. Sie ragten wie riesige Schränke ins Zimmer herein. Am andern Ende des Raums zwischen den beiden Fenstern stand ein abgeklappter Rundtisch.

Allmählich ließ das Anspannen aller Muskeln des Körpers nach. Die Gipskluft, in der er sonst eingeschlossen war, bröckelte von ihm ab. Es war ihm, als hätte man ihm sein Korsett aufgeschnürt und er könne nun frei atmen. Hier wußte man nichts von ihm.

Jemand war im Bauernhof gewesen, ihn anzumelden, wer es gewesen sein konnte, wußte er nicht. Jemand war vielleicht hingelaufen. Er war mit freien Händen hingegangen, nicht einmal einen Rucksack hatte man ihm mitgegeben, damit der Verdacht der Flucht überhaupt nicht aufkomme. So mußte die Bäuerin ihm ein Nachthemd leihen. Vor dem Bauer, der Bauersfrau und den beiden Töchtern, unter der heraufgezogenen schwachen Bogenlampe, hatte er sich den Oberkörper frei machen müssen.

So sehr schämte er sich, daß er kaum noch

atmen konnte: die Mitschüler hatten ihn immer »Mädchen« geschimpft, es war ihm, als solle er, trotz seiner bald sechzehn Jahre, wieder einmal in Gegenwart aller für die Strafe vorbereitet werden, und er schüttelte sich vor Scham. Man wollte aber nur wissen, ob ihm das Nachthemd passe, und als er in der Küche im Lampenlicht die Arme hob, die nicht einmal aus den zu langen Ärmeln herausschauten, lachten alle auf einmal auf: »ein Gespenst, ein Gespenst« riefen die Töchter und es war ihm nun, als gehöre er schon lange dazu.

Schlafen sollte er in einem sehr langen und schmalen Zimmer mit ganz kleinem Fenster auf der anderen Seite des Hauses, es lag am niedrigen Korridor zum Eingang hin: es war eine Abstellkammer voll alter Geräte, Webstühle und Gerüste aus vom Alter verblichenem Holz. Das braune schwere Bett reichte ihm bis in Schulterhöhe, wenn er davor stand, und er mußte sich heraufstützen oder schwingen; er schlief auf einem Strohsack, in den man das frische Stroh durch einen Schlitz wie in eine Brieftasche hineinschob. Die Bauersfrau hatte ihm das Bett gemacht mit steifen Bettüchern, die nach Butter rochen.

Als er nach tiefstem Schlaf am hellichten Tag bei schon hoher Sonne aufwachte, wuchtete die Angst ihn quer durch, zweiteilte ihn, er wagte kaum, um sich herum zu tasten oder seinen eigenen Körper zu fühlen, an sich selber nachzuprüfen: es war trocken, er hatte zum ersten Mal nach langer Zeit nicht ins Bett gemacht. Als man ihm den Tod seiner Mutter in der fernen Heimat behutsam mitteilte, hatte er plötzlich einige Tage später ins Bett gemacht, zuvorkommend hatte man ihn zuerst verschont und die Bettücher ausgewechselt, dann aber strengstens zur Rute gegriffen und ihn aufs schärfste bestraft. Anfangs hatte es auch gewirkt. Er hatte dann nur noch von Strafe zu Strafe gelebt. In Sachen Strafe kannte er sich aus, da wußte er Bescheid. Der beißende Uringeruch ließ ihn nicht mehr los, man stellte ihn unter die kalte Dusche, minutenlang, und er schrie noch mehr als unter der Rute, er schrie das ganze Haus zusammen. Die Mitschüler sagten dann immer, seine Schreie hätten so dumpf und fern durch die Etagen hindurchgeklungen.

Und jetzt, am Tag nach der äußersten Gefahr, hatte er sich nicht naß gemacht. Verwundert ging er aus dem Haus und setzte sich auf die Bank, angesichts der ungeheuren Gebirgswand, die er noch nie in solcher Nähe gesehen hatte. Die Bäuerin brachte ihm den Milchkaffee und die Butterbrote vor das Haus, als wäre es selbstverständlich, er schämte sich, für einen »betuchten« Gast gehalten zu werden, bedankte sich nur schüchtern und kaum hörbar. Dennoch ließ er sich vom Morgenbereich wollüstig umgeben. Die Sonne drang in die Butterblasen auf den Brotporen hinein, noch nie hatte er für sich alleine so viel Butterbrot bekommen und während er die Butter am Gaumen zergehen ließ, schaute er um sich herum und wurde des Sehens nicht satt.

Schon am ersten Tag bot er sich dienstbeflissen dem erfreuten Bauer an und so nahm ihn der Bauer mit und zeigte ihm die Felder, Wiesen und Waldungen, die ihm gehörten, und sehr schnell lernte sein Auge sie genau vom Nachbarbesitz abzugrenzen und die unsichtbaren Trennungslinien zu ziehen, er lernte rasch von weitem schon die Tannen zu unterscheiden, die dazu gehörten, es waren doch jedesmal die besser gewachsenen, es war schon ein wenig, als wären es die seinen.

Öfters ließ sich der Bauer das Mittagessen mitgeben: angeblich gingen sie, der Bauer und er, den Wald »putzen«. Sie nahmen sich aber Zeit, der Bauer schlug mit der Axt die Äste von den gefällten Stämmen ab und es hallte über den steilen, luftigen Abhang hinweg, als sollte man am Wiesenhang gegenüber mithören. Er, der Jüngling, legte die Äste zu Haufen so gut er konnte und zog sie über den tannennadelnbedeckten Abhang herunter und stellte sich vor, er sei der Reiter, der den nackten jungen Märtyrer hinter seinem Pferd durch die Straßen Roms schleifte, oder erregender noch, er war selbst der junge Märtyrer.

Jetzt, da er sich in Sicherheit wähnte, ereilten ihn wieder ab und zu solche Bilder, die in ihm aufblitzten. Immer stand er in ihnen nackt am Marterpfahl. Aber sofort, wenn sie ihn überkamen, stieß er sie von sich weg, damit die Deutschen ihn nicht finden könnten. Man suchte doch nach ihm, weil er immer wieder an sich unsauber gewesen war und immer wieder einer gewissen bösen Angewohnheit verfiel, wegen welcher er im Heim doch so oft bestraft worden war.

Wenn sie dann die Äste in Haufen gelegt hatten, aßen sie zusammen auf demselben Baumstamm sitzend: Speck, Käse, Butter und Brot, er konnte sitzen ohne den Körper anspannen zu müssen, ohne den Kopf immer leicht nach rechts oder links zu wenden, um der Gefahr, dem Schlag auszuweichen und das Gesicht rechtzeitig hinter vorgehaltenem Ellbogen zu verbergen.

Er blickte an sich selber herunter, seine Beine im dicken Bergschuhwerk sahen wie alle anderen aus, rundlich geformtes Leder, am Rande verschlissen und faserig geworden, nur ein wenig kleiner als die Stiefel des Bauern neben ihm. Sollte ein Fremder vorbeikommen, hätte dieser den Knaben für jemand beliebigen gehalten, vielleicht für einen hiesigen, sogar für den Sohn des Bauern und er atmete auf im Gedanken, einstweilen nicht mehr er selber sein zu müssen. Er saß da und spielte einen anderen: die Waldaxt mit dem braungelben Holm, glatt-glänzend von allem Anfassen, an den Baum gelehnt. Die Speckriege hielt er genau, wie es der Bauer tat, mit dem Daumen auf das Brot gedrückt. Niemand konnte wissen, wer er war. Neben ihm das leise Schmatzen des Bauern.

Es gab nichts mehr außer dem Sitzen und dem Schauen beim Kauen: an den Tannenstämmen war die Borke rosa hell oder braundunkel schon im Nachmittagsschatten oder noch im Mittagslicht. Die senkrechten Bäume sparten Wiesenstreifen aus, die tuchartig dazwischen aufgehängt schienen. Die Mittagshitze hatte die Entfernungen verwischt, man saß da und vor einem gab es nur noch Farben und Flächen, man brauchte nichts zu denken, es war nur noch in einem die Sehfläche, die man um sich herum hatte und das Auf und Ab des Brustkorbs. Der Bauer stellte ihm keine Fragen, er war nun einmal da und das genügte ihm. Sie saßen zusammen auf dem steilen von Tannennadeln bedeckten Abhang mit dem armartigen Wurzelgreifen der Bäume in Gesichtshöhe und den grünen, sonnenbeleuchteten Bergkuppen. In ihm entstanden ferne, noch nie gesehene Landschaften. Er alleine wußte, daß er von weither kam, aus einem fremden Land, daß er zu den Feinden gehörte und die Feinde zugleich nach seinem Leben trachteten, daß er auf Teppichen durch Zimmerfluchten gegangen war, daß man durch hohe Fenstertüren auf Gartenbäume geblickt hatte und jetzt saß er da, während der Bauer neben ihm in der Nachmittagssonne schlief.

Wenn jemand, ein Spaziergänger etwa, vorbeikäme, würde er nicht wissen können, daß der hochgeschossene, magere Knabe, der da saß und so tat, als wäre er nicht er selber, mit seinem blond-lockigen Haar und den blauen Augen, abgeholt, abgeschafft gehörte, daß er Ekel erregte und beseitigt gehörte, denn er konnte es mit heller Stimme noch so verneinen, noch so schwören, auch noch, während die Ruten sich um seine Hüften legten, seine Unschuld so sehr herausschreien, daß man es ihm zum Schluß glaubte, er hatte aber doch an sich herumgespielt, es sogar immer mehr getrieben, es immer länger dauern lassen, bis zum gotthaften Aufzucken.

Dann am Ende des Nachmittags waren sie langsam zurückgekehrt, als hätten sie den ganzen Tag lang schwer gearbeitet. In seiner Kammer gab es ein Fensterbrett, auf das man ein Heft oder ein Buch legen konnte, er würde lesen können und sich des Gelesenen freuen. Das Glatte des Fensterbretts beruhigte. Vielleicht würde er da weiter leben können. Nichts würde sich um ihn herum ändern; er hätte so viel Zeit zum Schauen und das immer gleiche wäre jedesmal anders.

II

Über dem gegenüberliegenden Hang lagen nacheinander vier tannenbedeckte Kuppen. Nach unten verliefen sie in dünnen Baumlinien und umsäumten wie im Wald ausgeschnittene Wiesen. Er hatte sich dahinein Blickwege eingerichtet, die ihn durch die Waldungen führten. Von den Gipfeln aus würde er dann auf den kahlen Kamm des Mont Rochebrune gelangen: eine Aussicht, die man ihm immer wieder versprochen hatte. Er war doch nun schon lange Jahre im Tal und hatte die andere Seite der Berge nie gesehen. So gerne wäre er, wie es die anderen großen Mitschüler durften, mit der Seilbahn hinaufgefahren. Schon vermeinte er im Unterleib den leisen Aufschwung an den Stützen zu fühlen. Rochebrune war viel steiler als der Mont d'Arbois, die Mitschüler erzählten dann von der abenteuerlichen Fahrt.

Er stellte sich, dabei zerrte es ihm in der Bauchwand, hohe sehr entfernte schneebedeckte Gipfel vor, die leise aus violettem Nebel auftauchten, wie er es schon auf Ausflügen gesehen hatte.

Jetzt waren die Alliierten in der Normandie gelandet, er versuchte sich die ferne Küste und die Himmelslinie über dem Meer zu vergegenwärtigen: das entfernte Dröhnen der Geschütze. Er konnte nichts dabei fühlen, außer der Angst, die einem dabei im Unterleib drückte.

An diesem Morgen sollten sie, der Bauer und er, mit dem Holzschlitten Mist fahren. Es ging ihm dann durch den ganzen Körper, wie das Pferd den Schlitten über das Gras zog und die Kufen über die Flechten rutschten. Mit der Gabel wurde der Mist auf die Wiese geworfen, sie gingen jeder zu beiden Seiten des Schlittens, ab und zu stießen die Zinken der Gabeln gegeneinander. Er war stolz, schon fast soviel wie der Bauer herausziehen zu können, es so weit wie er schwingen und ausstreuen zu können.

Alles war wie immer in der Talöffnung, sehr weit, im Entfernungsdunst erhoben sich die

Gebirgsketten hintereinander: daß es so weit sein konnte und daß man bis dahin sehen konnte, hatte ihn immer gewundert: nun aber würde der Krieg herankommen, von dem er bis dahin nur gehört hatte, der sich irgendwo in der russischen Ferne abspielte. Es kam all das Vergessene wieder in ihm auf, das Internat, der Hunger vor allem, als fühle er ihn noch nach. Der Hunger zog den Gaumen nach hinten, reichte tief in den Körper herunter: eine seltsame Wachheit, man trug eine senkrechte Wand in sich, von oben bis unten, und es drehte sich leise etwas im Kopfe, der Mund stand einem leise geöffnet und dabei wurden die Bilder von Nudeln, Brot oder Linsen, an Fleisch oder Eier dachte man schon kaum mehr, immer schwächer und blasser. Bis in den Sommer hinein hatte man Frostbeulen, die Haut der Fingergelenke sprang länglich auf, dann bildeten sich flache, kreisförmige, kraterartige Öffnungen, welche eine leichte Feuchtigkeit aussotten und ein mit winzigen Löchern übersätes Gewebe bildeten. Von Tag zu Tag erschienen neue Schichten, in die man hineinblicken konnte, winzige Landschaften, die man an sich selber mittrug, bis sie dann auf hartweiße Rundungen öffneten; das war vielleicht schon der Knochen gewesen und die noch verbliebenen Mitschüler hatten gestaunt, daß man an einem Lebendigen die Knochen sehen konnte. Sie selber bekamen nun keine Päckchen mehr von zu Hause. Frankreich hungerte. Seit Wochen schon war er nicht mehr bestraft worden, als ob der Hunger die Weltordnung änderte.

Damit er sich nicht noch mehr kratze, hatte man ihm die Hände mit einer Kordel fesseln müssen, aber um zu zeigen, daß es nicht zur Strafe war, hatte man sich eine schöne, tressenartige ausgesucht. Später hatte man ihm die Hände verbinden müssen, von oben bis unten, jede Hand im Verband eingehandschuht. Mit sich selber spielte er den Märtyrer aus dem frühen Christentum, dem man die Hände zerdrückt hatte, und weinte vor Selbsterbarmen. Der Verband rutschte immer wieder hinab und baumelte ihm an den Handgelenken hinunter.

Im Bauernhof hatte er sich an Kartoffeln, Speck und Käse satt essen können, in wenigen Tagen waren die Finger geheilt gewesen. Er lebte wie auf einer Insel und hätte gerne zur

Familie des Bauern gehört, man hätte ihn allmählich vergessen. Vom Großvater Dosithée, der sich nie von einem Pferdetritt erholt hatte und seitdem vornüber geneigt gegangen war, wollte er alles wissen und der Bauer erzählte, wie im Schneegestöber die Zügel des Pferdes gerissen waren und der Großvater vom Bock heruntergestürzt war. In der »cortonne«, der Rumpelkammer, hingen noch die steinhart gewordenen Riemen: strähnig grau, die Nähte zu beiden Seiten an einem Ende zerfranst. An die Mauer gelehnt, stand ein Kumt, als warte es mit zwei kupfernen, vom Anfassen polierten, aber schon von Grünspan angehauchten Spitzen; es stand da lederflach, vor Alter grauweiß geworden und wartete. In der ovalen Öffnung sah man noch die Schweißränder und die leichten Ausbuchtungen, die der Pferdehals hineingescheuert hatte. An den Flanken waren die Anfangsbuchstaben des Besitzernamens metallen eingraviert worden: E M (Ernest Morand). Am liebsten hätte er die Metallbuchstaben herausgelöst und für sich behalten. In der Tasche hätte er dann das E und das M mit den Fingern nachgefühlt oder vor sich gehalten und sich gewundert, daß man in der offenen Landschaft Buchstaben mit sich herumtragen konnte.

Das Kumt war über den Paß bis nach Italien hinuntergekommen, der Urgroßvater war Fuhrmann gewesen und mit dem Pferde bis Grenoble, Annecy, Lyon und sogar Turin und Mailand hinuntergestiegen. Das Kumt hatte Gebirge und Täler durchzogen und alle die Landschaften, das langsame Auf und Ab des Pferdes blieben noch in ihm enthalten. Aus den Rissen des hartgewordenen Leders drangen grau-trockene Haare heraus.

Er hatte es gelernt, alles immer länger als nötig anzuschauen. Sich nur mit dem Sehen beschäftigen schützte vor den Eltern. Er hatte sie schon lange von sich abgeschüttelt und seitdem er hier auf dem Bauernhof lebte, war das Internat dazwischen gekommen, als wäre es nun seine Herkunft und ein weiterer Heimwehschutz: die Heimbilder waren nicht so gefährlich wie die Elternbilder, aber trotzdem war man nie sicher, denn die Heimbilder ließen die Eltern doch immer wieder durch. So durfte man nicht den Holzbalkon des Internats mit den Myriaden von Sonnenpunkten auf dem gebeizten Geländer in die Erinnerung aufscheinen lassen, denn damals, wenn er da gestanden war, waren ihm immer vor der Weite der Aussicht die Eltern in den Sinn gekommen und vor Heimweh hatte er dann jedesmal laut aufheulen müssen.

Eigentlich hatte der Bauer ihn zur Arbeit nicht mitnehmen wollen, wurde er doch reichlich entschädigt. Aber der Junge wollte unbedingt kein Mitesser sein und sehnte sich danach, sich nützlich, ja unentbehrlich zu machen, so würde man ihn allmählich vergessen. Er half im Stall mit, in der hölzernen warmfeuchten Enge und goß das Futter über den Bretterbord in den Schweinekoben: ihre beinahe menschlichen Leiber und das Gegrunze sowie das Ausschlagen der Schwänze der Kühe hinter ihm befreiten ihn aus der Scham und der Bedrückung. Weitherum um sich fühlte man die Unendlichkeit der Welt liegen. Alles wurde auf einmal einfach, er genierte sich nicht vor den beiden Töchtern und bot bei Gelegenheit der einen an, da sie kurzsichtig war, ihr die Nadeln einzufädeln. Neben dem treppenartig sich öffnenden Nähkasten gesessen, in der warmen Trockenheit des

Wohnraums, versuchte er das Garn durch die Öse zu stecken. Wollte er aber wirklich in Sicherheit sein, durfte er nicht das Verbotene an sich heranlassen und mußte immer vor sich hinschauen, nur auf Nadel und Faden, er durfte nicht auf die Tochter blicken, die vor ihm saß und sich amüsierte, im gescheckten Kleid, welches sich zeltartig über die Knie spannte.

Vor allem nicht in die Dunkelheit zwischen den Knien blicken, man würde ihn sonst verdächtigen, anklagen und wieder wegschikken. Angestrengt blieb sein Blick immer in Augenhöhe, kaum wagte er an sich selber herunterzuschauen, es lagen da unter ihm die von der Sitzfläche erweiterten Schenkel. Durch das Sitzen wurde die Hose eng und man sah ihm den Schoß und wie ein Schlag überfiel ihn wieder das Böse: im Internat, die großen Fenster des Schlafsaals, die nach Zapfenstreich allmählich aus der Dunkelheit herausstanden; das Warten und dann das Beginnen der Traumreise, das Landschaftfahren während die Finger mitspielen. Alle Fahrten enden am selben Pfahl, an dem er selber gefesselt steht, vor Sonnenuntergang der Folter ausgeliefert, für seinen Glauben, Missionar im fernen Afrika, gerade im Augenblick wo die Weißen in Tropenhelmen herbeieilen und ihn im letzten Augenblick befreien.

Eines Abends, als beide zur Strafe ohne Essen zu Bett geschickt worden waren, hatte es ihm ein größerer Mitschüler gezeigt und unter der Hand des anderen hatte er sich aufgebäumt, es war in ihm Ungeheures geschehen, er hatte sich gefürchtet, so scharf war es gewesen. Am nächsten Morgen hatte er den Engel, die Unschuld in Person gespielt, alle Umstehenden angelächelt: woher hätte er denn so etwas überhaupt wissen können.

Die Töchter des Bauern durften nicht wissen, daß er einen Körper hatte, er durfte auch keinen haben. So lächelte er durch den ganzen Bauernhof seine Unschuld überall vor sich hin und vermied es aufs sorgsamste, mit einem der beiden Mädchen alleine zu bleiben. Unter irgendeinem Vorwand ging er dann sofort aus dem Raum: er hätte etwas zu holen oder sei gerufen worden. Nur wenn der Vater oder die Mutter dabei waren, blieb er, aber dann enthusiastisch und gesprächig, als habe man es mit einem ganz anderen zu tun:

man konnte ihn nicht verdächtigen. Er konnte die Hände vorzeigen, dem Bauer in die Augen schauen.

Allein schon der Gedanke daran ließ ihn sich vor Ekel schütteln und er stellte sich die Erwachsenen vor, wie sie da übereinander lagen mit faltiger, verschwitzter Haut.

Auf dem Weg zum Internat, der steil den Wiesenhang durchzog, hatte er es gesehen, als sie mit der Aufseherin vom Dorf heraufkamen, an einem Pferd, wie es ihm schlauchartig am Bauch herunterhing, faustdick, rötlich-dunkel mit schwarzem überquillendem Nillenkopf. Dabei wippte es ihm leicht zwischen den Beinen, wenn das Pferd den Kopf bewegte. Auf dem steilen, schmalen Weg waren sie im Gänsemarsch gegangen, einer hinter dem andern, acht übriggebliebene Internatsschüler – alle anderen hatten sich die Eltern zurückgeholt –, die Aufseherin ihnen voran, im Bergsteigerschritt. Vom Internat konnte man, wo man auch war, beobachtet werden. Auf einmal schwang sie sich um, wie auf einer Kanzel über sie hinweg gestanden, rief sie ihnen zu, sie hätten gefälligst nach rechts zu schauen, das Pferd stand links. Aber er hatte es nicht anders können, immer wieder hatte er zum braungrauen Pferd hingeschaut, das gar nicht zu merken schien, was da aus ihm herausstand, armdick, schräg. Vor Scham hatte sich ihm der Rücken eingekrümmt, er würde die Aufseherin nicht mehr anschauen können, ohne dabei denken zu müssen, was sie beide gesehen hatten.

Jetzt noch ließ ihn sich die Erinnerung daran, wenn sie in ihm aufblitzte, vor Ekel schütteln und er freute sich, kein Pferd sein zu müssen, an dem so etwas herunterhing. Und jetzt, gerade jetzt, kamen ihm wieder böse Gedanken, zwei Tage vorher war er mit dem Bauer die Kuh zum Stier führen gegangen, auf der anderen Seite der Schlucht, einen Weg, den er nicht einmal geahnt hatte, plötzlich sich am Waldhang öffnend, zwischen hohen Tannen ausgespart, der dann in einer nadelartigen Biegung von einer Seite des Abgrunds zur anderen führte und den Bach an einer seichten, flachen Stelle überquerte. Beim Gehen, auf einer Seite, sah man schon auf der anderen den Sonnenstreifen über dem Teil des Weges, den man noch nicht gegangen war. Der Bauer hatte ihn mitgenommen, er wußte, daß er da keine Bekannten treffen würde, die ihn nach seinem Begleiter fragen würden. Er hatte sogar die Kuh an der Leine führen dürfen. Dann auf der so hellen Wiese, daß man mit den Augen blinzeln mußte, hatte der Bauer sie in ein Holzgerüst hineingetrieben, das dann mit einem Balken abgesperrt wurde. Der schwarze Stier wurde herausgeführt, viel größer, massiger als die Kuh, auf sich geballt, stramm, ein Tier wie aus der Vorzeit. Er schnaufte, scharrte mit den Hufen und schwang sich auf die Kuh, stieß rot und spitz in sie hinein, eine lange, sich verjüngende blutrote Stange. Zu beiden Seiten hingen ihm dabei die Beine samt den schuhartigen Hufen herunter, als gehörten sie nicht dazu, als wüßte der Stier selber nicht, was er damit anfangen sollte; es durchzuckte ihn, wie furchtbar es sein mußte, so keine Hände zu haben.

Und nachher hatte es der Bauer frei heraus erzählt wie der Stier die »Toscane«, so hieß die Kuh, besprungen hatte. Vor den Töchtern schämte er sich nicht deswegen. Menschen taten so etwas doch nicht. Trotz seiner bald sechzehn Jahre war er sich über das Kindergebären noch nicht im klaren: er wußte nur, daß Frauen schwanger werden. Das, wovor er sich schämte, war das Schmutzige, das er an sich selber getan hatte, und daran hatten ihn Pferd und Stier erinnert.

Seitdem es wieder wärmer geworden war, setzte er sich oft auf die Bank vor das Haus und blieb minutenlang, wie damals, als er seinem Vater Modell saß, völlig reglos, um nur noch das, was er sah, zu werden: die Wiese, die Grashalme, die Bäume, die Abhänge wurden erst in der völligen Reglosigkeit zu dem, was *sie* waren. Immer länger konnte man so sitzen bleiben und nur noch schauen. Allmählich wurden die verbotenen Bilder in ihm immer verschwommener und undeutlicher: man brauchte nur noch geradeaus vor sich hin blicken, nur noch sehen und man konnte alles von sich abstoßen, nichts mehr in sich hineinlassen, und im Kopf gab es dann nichts anders mehr als Sehmasse.

Er sah zurück, wie er einige Tage nach seiner Ankunft unter dem nebeldichten Regen die Kühe gesehen hatte, die von der letzten

Alm hoch im Gebirge heruntergekommen waren, zu zweit oder zu dritt, viele hintereinander mit dem schrittweise auf und ab schwenkenden Kopf und unverwandtem gleichgültigem Gesicht.

Ihnen folgte der pferdebespannte Karren, auf dem die Sommergegenstände unter einer grünen Plane geladen waren. Während sie vorbeizogen, war der Himmel für einige Augenblicke aufgehellt und hoch geworden, von den grauen Fahnen des Regens durchzogen. Er hatte sie alle beneidet, die ins Dorf hinunterzogen, wo es glatte Flächen gab und nicht nur Nässe und rauhe Feuchtigkeit, sondern trockene, erleuchtete Räume und Schaufenster und sogar Konditoreien; er hatte sie immer von außen gesehen, wo man auf Sesseln vor kleinen Tischen sitzen konnte. Hier war er im Weich-Grünen, im Regen, in den tief herunterhängenden Wolken im rauhen dunklen Innenraum gefangen und die Deutschen hatten metallene, feste Wagen, mit denen sie, vor dem Regen sicher, ihn abholen kommen konnten.

Bevor er aus dem Haus hinaus durfte, mußte erst jemand nachsehen, ob niemand im Umkreis auftauchte. Der Bauer fürchtete sich sogar seinetwegen vor den sehr weit am anderen Abhang, hinter der breiten Schlucht gelegenen Bauernhöfen. Man könnte plötzlich merken, daß bei ihm einer zuviel war, es wußten doch alle, daß sie da zu viert hausten und nun würde man über das Tal hinweg eine neue unbekannte Gestalt sehen und sich Fragen stellen.

Dann, als die Berge wieder aus den Wolken hervorkamen, genau da, wo man sie vermutet hatte, aber massiger noch, jedesmal, ließ die Angst von ihnen ab, als löse sie sich auf, wenn sich die Sicht erweiterte: »Deinetwegen kann man mich erschießen«, sagte der Bauer und der Junge schämte sich, als hätte man ihm ein Brett auf die Brust genagelt. Er sah die Bauersfrau in geblümter Schürze vor den behelmten deutschen Soldaten knien und die beiden Töchter, die sich die Hände vor das Gesicht hielten und laut aufheulten, während der Bauer, die Hände im Rücken gefesselt, abgeführt wurde.

Allmählich aber vergaßen sie es wieder: er war einfach da auf Kost und half, um sich beliebt zu machen. Mit dem Bauer bereitete er das Brennholz vor. Die Kreissäge hatte schon Wochen früher die Tannenstämme in dicke Scheiben geschnitten: es war noch vor seiner Ankunft gewesen. Aus den hinter den Waldungen verborgenen Höfen hatte der hohe Gesang der Kreissäge immer wieder aus einer anderen Richtung aufgeklungen, es war dieselbe elektrische Säge, die man wie einen Schiebkarren von einem Hof zum andern rollte, jedesmal wurde ein langes schwarzes Gummikabel an eine weit entfernte Steckdose angebracht und dann nach längerer Zeit setzte das weiträumige Heulen der Säge an, aus der Entfernung oder aus der Nähe hallte es durch das Tal, in kurzen Abständen, wenn das Holz bereit lag, und die länger waren, wenn der Stamm erst vorbereitet oder zurechtgelegt werden mußte, manchmal waren die Abstände noch viel länger, vielleicht, weil ein Nachbar gerade vorbeikam und sich unterhielt. Wenn man nicht zu weit entfernt stand, konnte man das Wummern des leerlaufenden Motors hören und wie die Säge wieder ansprang. Auch manchmal das Aufplumpsen der abgesägten Holzstücke. Am Tag, als die Kreissäge vor den Bauernhof gefahren worden war, war er noch im Internat gewesen, vielleicht im Repetierzimmer mit den anderen zusammen gesessen oder vielleicht waren sie gerade »an die Luft« geschickt worden, die Kreissäge hätte er dennoch nicht hören können. Die Livraz war viel zu weit weg im Hochtal, am anderen Ende des Hochplateaus, eine eingefangene Landschaft, von der Gebirgswand abgeschlossen, aber so groß, daß es schien, man könne darin ganze Reisen unternehmen.

Mit dem Bauer schichteten sie nun die dicken Holzscheiben auf, sie ließen sich aneinanderfügen, als könnten sie wieder zum Baum zusammenwachsen, durch eine feine Naht getrennt lagen sie aufeinander, hie und da aber hatte die Säge Splitter hinterlassen, hellere Einkerbungen in der dunkelbraunen Rinde, die man stellenweise abziehen konnte, als häute man das Holz.

Mit aller Wucht zweiteilte der Bauer die Scheiben, deren Hälften, klappenartig zu beiden Seiten des Pflocks herunterfielen, in immer kleinere Keile zerlegt, wurden sie unter dem vorspringenden Dach zum Trocknen gelegt. Wie ein senkrechtes Pflaster stand die aufgestapelte Holzschicht an der Hauswand, unten waren die Sägeschnitte blaugrau vor Alter und Witterung, aber je höher man blickte, desto heller wurden die Schnitte, in den oberen Schichten, die der Bauer gerade eingestapelt hatte, waren sie frisch, hellgelb beinahe saftig.

Die ganz unteren Scheite waren noch vom Vater des Bauern gelegt worden. Dabei war er schon vor vielen Jahren gestorben. Er selbst war damals noch zu Hause gewesen oder noch gar nicht geboren, als man die Tannenscheite da aufgeschichtet hatte: sie enthielten noch die damalige Geste, wie sie der Vater des Bauern hingelegt hatte, sie enthielten das Damals, wie sich der Vater hingebeugt hatte, vielleicht mit weißen Bartstoppeln, von hinten gesehen mit den Hosenknöpfen an der alten verbrauchten gestreiften Hose, mit noch allen Menschen und Landschaften, die er gesehen hatte, die an ihm vorbeigezogen waren und die mit ihm verschwunden waren, davon blieben nur Holzscheite übrig, wie sie einmal hingelegt worden waren.

Und ihn überkam schmerzlos die Erinnerung an die Hand des Vaters, der im schwarzen, an ihm herunterhängenden Mantel dagestanden war. Zusammen hatten sie die aufeinandergeschichteten Backsteine der Katharinenkirche vor sich gehabt, reglos, starr, versteinert, so wie sie schon vor zweihundert Jahren gewesen waren. In der Mitte der Fassade, eine aus Tausenden und Abertausenden von Backsteinen errichtete Mauer, stand das Datum, 1786, in eisernen Lettern. Ein Schmied hatte sie hergestellt, man war auf ein Gerüst geklettert und hatte da Lettern festgeschweißt. Unter dem Dachvorsprung bildeten die Holzscheite auch eine Fassade, eine Zeitmauer, die noch alle Gesten in sich trug, mit der man sie errichtet hatte.

Vor dem Hackpflock stehend, der Bauer war an eine andere Arbeit gegangen, teilte er die Scheite in noch kleinere Stücke, es wurde ein Spiel, er war der Henker und verfügte über die Verurteilten, die standen da vor ihm, hellgelb gefasert, mit hier und da noch braunen Borkenflechten und sonnten sich und ahnten nichts. Und auf einmal – er schaute sie noch kurz an – gab es sie nicht mehr, zweigeteilt zu Boden gefallen. Jedesmal gab es jene winzigen, in sich geschlossenen Ewigkeiten:

der Augenblick des Einsturzes, wo noch alles wie zuvor ist, der Baum gerade bevor er niederstürzt.

Der Bauer aber kam zurück und verbot ihm weiterzumachen: der Knabe war ihm anvertraut worden, für jeden Tag bekam er hundert Francs. Seinetwegen wollte er keine Scherereien haben, den Arzt rufen müssen, der Fragen stellen würde, wo doch niemand wissen durfte, daß der Junge bei ihm war. Der Arzt war seit dem Tode des Vaters nicht mehr gekommen und hätte sich erkundigt, was denn das für einer war, der nicht richtig mit einem Beil umzugehen wußte. Nun hatte er diesen langbeinigen, dünnen Knaben bei sich, der mit den Armen herumfuchtelte, alle Geräte immer falsch anfaßte, ihm im Wege stand, wenn er irgendwo hinwollte, unaufhörlich redete und Fragen stellte, deren Antwort er nicht anhörte. Manchmal kam es auch vor, daß sie sich plötzlich gegenüberstanden: der Bauer mit seiner vor Alter und Staub wie steif gewordenen Militärjoppe, die ihm geöffnet vor dem gestreiften kragenlosen Hemd hing, dessen Maschen man alle zugleich und einzeln unterschied – darunter die breite blaue Hose an den Stellen, wo Knie oder Schenkel anstießen, schon weiß abgeschabt, mit dem zu dünnen Gürtel, über den sich der Stoff hinwegstülpte, und den breiten farblos gewordenen Hosenträgern. Am Bauer war viel zu sehen, das stoppelbärtige Gesicht, von dem aus man bis zu den Holzpantinen hinunterblicken konnte und den ganzen Körper mitbekam.

Diesen Menschen hatte es die ganze Zeit schon gegeben, vor Jahren schon, ohne daß man es wüßte: wie war er in sich, wie war er selber? Der stand da vor ihm und wußte nicht, daß es an ihm so viel zu sehen gab, daß das Auge ihn erforschen konnte, an ihm entlang gleiten und daß man sich dabei immer vor Ekel schüttelte, wenn man an den nackten Körper dachte, an die weißfeuchten Hautstellen, mit schon den Dellen und Vertiefungen des Alters, von länglichem Gehaare überzogen. Der Rücken krümmte sich einem ein, wenn der Blick hinunterglitt: da hing es verschrumpelt, tierhaft. Er wußte, ein Mitschüler hatte es ihm im Internat erzählt, daß es da dunkel und kraus, dicht umhaart sein konnte. Wenn ihm das in den Sinn kam, brüllte er nur so vor sich hin, um es abzuschütteln, wegzukriegen.

Bisher im Heim hatte er nur andere Kinder und Frauen um sich gehabt. Erwachsene Männer waren sonst immer nur vorbeigekommen und hatten nicht zusammen mit ihm im selben Haus gelebt. Bei seinen Mitschülern war es wie bei ihm gewesen, sanft, körperhaft, weiß und völlig glatt. Er hatte sich in Sicherheit gefühlt, wenn sie ihn an ihrem Bett niederknien ließen und zu sich nahmen, zwischen ihre Schenkel: Stille umgab ihn, er vergrub sich in die ihm Stirn und Wangen umschließende Mulde und es überkam ihn Beruhigung.

Und jetzt stand er da vor dem Bauer und ihm dröhnte es im Kopf: er hatte es da hängen. Einmal die Woche hörte er ihn sich in der Küche waschen, aus einer Schüssel mit heißem Wasser, das auf dem Herd in einem Kochtopf warm wurde. Von seiner Kammer aus hörte er das Wasser in die Schüssel wieder heruntertropfen und am nächsten Morgen hing dann der Waschlappen zum Trocknen über dem Ofen. Sie wuschen sich alle nacheinander: er versuchte sich die Ohren zuzustopfen, um nichts von der Nacktheit der Erwachsenen zu hören.

Die beiden Töchter waren die letzten: für sie wurde wieder Wasser aufgeschüttet und man hörte es sieden. Von seinem Bett aus hob er vorsichtig die Klinke der Tür und ließ sie einen Spalt offen, um besser zu hören. Um das Haus herum lag die Stille, ab und zu knarrte oder knackte irgendwo das Holz, dumpf stießen die Kühe im Stall an die Krippen, und noch weiter dahinter im Haus stampfte ab und zu das Pferd auf.

Die beiden Mädchen kicherten, sprachen leise vor dem Gezische des Kochtopfs, dann das Aufklatschen des Wasserstrahls in der Schüssel, die Seife, die auf den Behälter zurückgelegt wurde, und das leise Gleiten des Waschlappens auf der Haut. Ab und zu lachte eine auf und er versuchte sich vorzustellen, wie sie da standen.

Er wagte es aber nicht, aus dem Bett zu steigen, vielleicht war der Bauer im Gang auf der Lauer, hatte ihn im Verdacht. Er wäre dann verloren gewesen, sofort hätte er ihn fortgeschickt, er wäre den Deutschen in die Hände gefallen und doch hätte man durch die

Türritzen etwas sehen können. Jedesmal blieb er reglos im Bett liegen, bewegte sich nicht einmal, damit kein Verdacht aufkomme. Dabei war es nur Neugier, nichts sonst, er wollte nur die Bilder loswerden: runzlige, behaarte Menschenhaut, weißlich blau, daß es ihn geradezu schüttelte. Das wußten die Deutschen und deshalb wollten sie ihn mitnehmen. Wie der Bauer, versuchte er nur noch an Gott zu denken, an Jesus, damit das Sündhafte nicht mehr in ihm aufkomme, und doch immer wieder, wenn er ihn sah, war das Baumeln mit dabei und es zuckte ihm durch den ganzen Körper.

III

Als er an diesem Novembermorgen aus dem Haus in die stechende Kälte getreten war, hatte sich plötzlich, schlagartig, die ganze Gebirgswand mit allen Vorsprüngen und Felsen ausgebreitet, davor das helle, grüne Hochtal mit den dreieckigen regelmäßigen Schutthalden wie von der Hand glatt gestrichen.

An der dunkelgelb beworfenen Hauswand stand die grau verwitterte Holzbank, aus der die Unwetter den Splint herausgesträhnt hatten. Davor, auf dem flachen, abgeschabten Gestein sollte das Schwein für den Winter geschlachtet werden. Schüsseln, Pfannen, ineinander gestapelt nach Größe, jede umkreiste dunkel die andere, waren aus dem steinernen Wandschrank herausgeholt worden. Der Holztisch war sauber geschabt worden und er, als Mittäter, hatte dem Bauer geholfen, die Holzkufe hinauszutragen.

Er wäre gerne nicht dabei gewesen, um

später beim Essen unschuldig aussehen zu können: »Was Hänschen nicht weiß, macht es nicht heiß.« Er wäre gerne in den Wald gegangen, um nichts zu sehen, nichts zu hören, nichts zu wissen. Schon seit Tagen aber wußte er und war auch jedesmal mit dem Bauer in den Stall mitgegangen, um zu helfen.

Den Kühen gegenüber, auf der andern Seite des Jauchegangs, rempelten sich unaufhörlich die Schweine in ihrem viereckigen Koben an. Mit der Hand hatte sich der Bauer das passende Schwein vor einigen Tagen schon ausgesucht und nun erkannte er es jedesmal sofort, es fraß mit den andern drei zusammen und doch war es zum Tode bestimmt. Immer wieder trieb es ihn in den Stall und hinter den Brettern erkannte er das Schwein sofort, es war wie gezeichnet; er wollte es am liebsten anschreien, damit es verstünde, ihm den Koben aufmachen, damit es die Flucht ergreife, er war aber nun einmal schon zum Mittäter ausgezeichnet worden, einer, unter den unzähligen bewußten Kleinmördern des Alltags.

Er hatte sogar mit dem Bauer im Koben gestanden und geholfen, ihm die Beine kurz anzubinden, damit es nicht weglaufen könne: es trabte schwerfällig hinterher, glitt immer wieder mit den Hinterbeinen aus und stellte sich wieder auf, als könne es noch Sinn haben, wieder ins Gleichgewicht zu kommen, so wie die Verurteilten es taten, die zur Hinrichtung gingen und deren Beine so mitmachten, als ginge man irgendwo hin. Der Bauer, die Frau, die Töchter und er hatten es dann auf die Bank gezerrt. Man band ihm auch die Hinterbeine fest und es versuchte mit dem ganzen Körper auszuschlagen und blickte mit seinen schwarzen kleinen Augen, als wüßte es schon.

Es lag da mit der ganzen Morgenweite der Landschaft um sich herum, mit den am kurzen Himmel ziehenden Wolken, mit dem schwachen Herbstlicht. Es atmete und bewegte die Flanken. Er, er blieb aber da, festgenagelt, in der ersten Reihe der Zuschauer, als möglicher Henkergeselle, der noch schnell das Messer wetzen gehen würde, mit angespannter Bauchwand und offenem Mund, in der trockenen Erwartung dessen, was da kommen würde. Er blickte um sich herum und sah, wie es war, wenn gestorben wurde. Das Schwein schrie und grunzte und holte immer wieder Atem, als solle alles weitergehen und doch sah man ihm das Wissen in den Augen. Es galt, nichts aus den Augen zu verlieren, wie sich der Bauer – dabei blieb alles an ihm wie immer: Gesicht, Bartstoppeln, Hosenträger – über das Tier beugte, während die Frau ihm den Kopf festhielt und der Bauer auf einmal zustach. Fast zeitlos, aber für immer blieb die Klinge senkrecht, die Spitze eingestochen geradlinig, sich von der Helligkeit der Haut abhebend NIROSTASTAHL-SOLINGEN. Nur NIRO und SOLI blieben noch sichtbar, schwarz eingekerbt in der kleinen Metallfläche. Dann erschien die Klingenspitze wieder, sich blitzschnell verjüngend, rot angelaufen auf Waldabhanggrund, einen winzigen Teil davon verdeckend. Wasserstrahlartig schoß das Blut, einen Bogen ziehend, hervor. Sachkundig hielt die Bäuerin die Schüssel, deren Ränder vollgespritzt wurden mit winzigen und größeren runden Punkten auf weißem Grund. Eine Schüssel füllte sich, weiter nichts, es passierte nichts. Ein Sterben, weiter nichts. Das Schwein lag da und blickte. Es schrie, strampelte mit den angebundenen Beinen, die es anzog und wegstieß, als radele es. Es war nur ein winziger Tod vor einer Bergwand, an dem er für alle Zeiten mitschuldig sein würde.

Er war als einer der ersten dabei, als die Bäuerin das Blut in eine Pfanne goß, mit Schmalz anrührte und festbriet; es teilte sich flockenartig auf und dabei gab es noch Stellen, die flüssig waren und blubberten: ein sich festigendes Gewässer. Fast handtief füllte es die Pfanne mit hohem Rand und dabei war es Blut.

Tagelang wurde dann am Präparieren und Einselchen des Fleisches für den Winter gearbeitet, und er dachte immer wieder an jenen Tag und wie das Schwein da gelegen war auf der Bank und sein Körper der gleiche blieb mit den Flanken, die sich auf und ab hoben, als geschähe nichts, als würde es weiterleben und er, er war wieder einer der ersten gewesen, der vom, in der schweren Pfanne, gebratenen Blut gegessen hatte. Er hatte geholfen den Wolf drehen, durch den weiche Fleischsträhnen herausdrangen, poliertes kleines Geröhre, das dann allmählich einsackte. Würste wurden gefüllt und geräuchert, Speck eingesalzen und dabei stand draußen der hohe Himmel. Alle schufteten sich ab und er stand dabei und redete und redete oder machte immer etwas falsch.

So schickte man ihn hinaus, die Kühe hüten. Mit noch vor Fett triefenden Händen, in Hosenträgern und bis über die Knöchel gezogener Hose war der Bauer mitgekommen, schweigsam, still gegen den Jungen aufgebracht, der neben ihm einherging und nicht aufhörte zu reden, dessen Andersheit er auf einmal am langen schmalen Körper entdeckte, an den Händen.

Am Ende der Wiese öffnete sich eine weite Mulde, an deren Fuß der Bergbach floß. Dahinter fingen die gegenüberliegenden Berghänge an, die immer gewaltiger wurden, je näher man herankam, die in der Entfernung so seicht erschienen waren.

Der Bauer zeigte ihm, und er sah sie mit, die Trennungslinie zwischen seinem Besitz und dem des Nachbarn. Von einer bestimmten Stelle am Felsen zog man sich eine Linie nach und schon erkannte man an den Grashalmen, wem sie gehörten.

Hinter den fremden Grashalmen fing eine andere Landschaft an, ein anderes Leben mit unbekannten Leuten.

»Du brauchst nur in der Senke zu bleiben, so sieht dich keiner«, hatte der Bauer gesagt. Tagelang blieb er nun von morgens bis abends alleine, zum Schweineeinmachen brauchten der Bauer, die Frau und die Töchter keine weitere Hilfe. Jedesmal, wenn er dann abends mit steifen Beinen und vor Kälte halb gelähmt, zurückkam, standen auf dem Tisch neue Glastöpfe voll gelblichem Fett mit an den Glasrand reichenden, erkennbaren Fleischteilen.

Mittags wurde ihm das warme Essen in einem Henkelkorb von einer der beiden Töchter gebracht, zwischen zwei Tellern, übereinandergeklappt. Er setzte sich dann, wenn es trocken war, ganz oben am Rand der Mulde, damit der Bauer ihm nichts nachsagen könne und nicht glaube, er versuche mit dem Mädchen zu spielen. Jedesmal, wenn das Mädchen ein wenig länger blieb als nötig und einfach ein wenig zu plaudern versuchte, vielleicht, um sich dann über ihn lustig zu machen, fühlte er sich senkrecht in seinen Körper hinunterreichen, als stünde er da splitternackt; unaufhörlich drehte er den Kopf zum Bauernhof. Vielleicht sah ihn der Bauer gerade an, durch eins der beiden kleinen Fenster, die im plötzlichen Sonnenschein immer wieder aufblinkten.

Er fuchtelte mit den Armen, stellte sich so hoch auf den Hügelkamm, wie es nur ging, und ließ zwischen sich und dem Mädchen eine vom Haus aus sichtbare Distanz: eine grüne Landschaftsspanne zwischen zwei stehenden Körpern. Sonst, vielleicht hätte sich der Bauer am Abend den Gürtel aus den Schlaufen gezogen und im Stall hätte der Junge nicht gewußt, wohin mit Hose und Unterhose. Er hätte sich vor den Kühen geschämt und ganz auf der anderen Seite des Hauses hätten Mutter und Töchter auf sein Schreien gewartet. Es zuckte fast wie ein Wunsch durch ihn durch.

Im Internat war ihnen verboten worden, die Mädchen im Vorbeigehen anzuschauen. Wenn sie ihnen begegneten, hatten sie die Augen zu senken. Aber wäre er ein Einheimischer gewesen, wie alle anderen, hätte man ihn für die eine oder die andere Tochter bestimmt und nach langen Jahren hätte er aus Gewohnheit fast um ihre Hand angehalten und sonntags wäre er im dunklen Anzug auf dem Zweiradkarren zur Messe hinuntergefahren. Die Sonne hätte den Schatten der Speichen auf das Grün der Wiesen geworfen und auch er hätte sein Pferd an das niedrige Gitter des Kriegerdenkmals festgemacht.

Sobald das Mädchen weg war, ging er wieder in die Mulde hinunter und doch erblickten ihn ab und zu Fremde in farbiger, immer wie neu aussehender Kleidung. Und er war stolz, daß man ihn vielleicht für einen Einheimischen hielt. Der Regen, dicht und hämmernd, war auf einmal ausgebrochen, ein regelmäßiger, sich nicht unterbrechender Regen, der sobald er zu fallen angefangen hatte, sein Einsetzen vergessen ließ, als sei er schon immer gefallen. Manchmal hörte er schlagartig auf und die Wolkendecke hing dann auf halber Höhe, unter der die Gebirgshänge dunkel und schräg den Blick einschachtelten. Sofort war die Angst in ihm wieder aufgekommen und drückte den Magen ein: vielleicht hatten die Deutschen inzwischen erfahren, wo er sich verborgen hielt.

Zur Bergkante hin, wo sich die Kühe scharfbraun vor dem grünen Abhang abhoben, hatte er husten gehört, ein breites, menschliches Husten, kaum eine Sekunde lang sah er die Deutschen, die vom Bach heraufkamen in feldgrauer Uniform, er sah alles genau, Koppeln, Stiefel, Gebirgsmützen, die Läufe ihrer Gewehre, sogar ihre Gesichtszüge und dabei war es doch nur die schwangere Kuh gewesen, sie hustete mehrmals nacheinander und es hallte seltsam zwischen den Bäumen heraus. Man hatte ihr eine Decke aufgebunden als wäre sie jemand. Es hörte sich wie der Vater am Arbeitstisch an.

Wegen des Regens wurden die Kühe wieder gegen Mittag in den Stall geführt, eine nach der anderen, und sie traten jede in die gurgelnden Spuren der vorigen und er ging hinter ihnen her im schweren dunkelgrünen Wachstuchumhang, krinolinenhaftig eingefaßt. Beim Gehen schlugen ihm die Knie gegen das Wachstuch. Die schwangere Kuh kam als letzte in den Stall hinein, man sah, wie sie sich durch die schmale Öffnung der Halbtür hineinzwängte. Einen Augenblick lang blieb sie hängen und mußte sich selber durch die Tür nachziehen. Eine Hand würde ihn am Kragen festhalten und er käme auch nicht mehr durch, im Rücken fühlte er den Stoff sich spannen, als hinge er in einem Sack und versuchte wegzurudern. Es war ihm, als scharre er selber an den holztrockenen Türbalken vorbei.

Jede Kuh trat an ihren Platz, die weiten Ketten, die man ihnen um den Hals band, klinkerten hell oder dumpf und die schwangere Kuh fing auf einmal zu stöhnen an, gerade als die Abendsonne schräg durch das kleine Fenster die Stallwand sanfthell aufleuchten ließ. Draußen hatte sich die Wolkendecke vorhangartig zurückgezogen, vom goldblauen Himmel geradlinig abgeschnitten. Wegkrümmungen, Kuhpfade, die einzelnen Baumstämme standen deutlich ab. Ferne Geräusche, plötzliches Knacken an den Bäumen, erhoben sich in der klaren Luft. Es erweiterte sich die Landschaft abendgroß, zukunftshell.

Langgezogen fing die Kuh wieder zu muhen an. Die Bäuerin hatte eine Schüssel mit warmem Wasser hereingetragen. Der Bauer hatte sich einen Hemdärmel heraufgekrempelt und hinter der Kuh stehend, hatte er den Arm in sie hineingesteckt. Ein Schauer überlief ihn, er schüttelte sich, es war ihm, als dringe der Arm in ihn selber tief hinein, als könne er nicht mehr zu Atem kommen, auf sich selber aufgespießt, als wüßte er schon von später. Mit der Hand fühlte der Bauer durch und ließ alle nachfühlen, als traue er den eigenen Fingern nicht; ihn auch forderte er dazu auf.

Die Hand des Jünglings glitt auch in die seidenglatte längliche Scheide der Kuh, er hatte nicht einmal gezögert; sofort wurde sie wie festgesogen und doch konnte sie sich ganz leicht hindurchbewegen, als schiebe sie sich in eine feuchte und doch glatte Wärme, wie man sie selber vielleicht in sich hatte, eine unbekannte und doch schon vertraute Empfindung. Bei dem Gedanken wie die Kuh es armdick in sich hatte, bäumte er sich auf. Auf einmal bei der Berührung von etwas Eckigem, Hartem zuckte die Hand zurück, als ob sich auch Hände entsetzen könnten. In der warmen rätselhaften Glätte, die vor jeder Fingerbewegung höhlenartig nachgab und sich wieder zuschloß, war die Hand auf hartes, rauh-zackiges gestoßen, ein hart glitschiger Auswuchs: ein, dann zwei Hufe an denen die Finger ausrutschten.

In der Küche setzte er sich auf die Bank und schaute in die Glut hinein durch die offene Herdtür, hellrote Abhänge schichteten sich übereinander auf, von Weißglut durchzogen. Die Holzscheite, die Ansätze der Zweige, die Knospen, alles blieb, wie es war, nur daß es lichthell aus sich selbst heraus loderte. Die glimmenden Holzformen knisterten über feuergelbe Aushöhlungen, hellrot überdacht: ein riesiger weltweiter Großbrand, der da in diesem kleinen gußeisernen Behälter, wie in einer Dose, vor sich hinloderte, auf stielfeinen Metallbeinen gestanden.

Und von Zeit zu Zeit hörte man das Muhen der Kuh, die ihr Kalb nicht gebären konnte. Auch ihn hatte sie mit ihren großen, hilflosen und erstaunten Augen angeschaut und im Magen fühlte er noch das Gewicht ihres Blikkes nach.

Wer den Tierarzt holen gegangen war, wußte er nicht, man hatte ihn auf den Heuboden hinaufgeschickt, er durfte nicht gesehen werden, den Tierarzt kannte man nicht genug und er hätte sich gewundert, diesen Jungen dazu zu finden und hätte sofort verstanden und bei der Rückfahrt hätte ein kleines hellgelbes Auto die Landschaft durchschnitten, ein kleinheller Kubus, der sich beeilte.

Er stellte sich den Tierarzt vor, wie er das Postgebäude betrat, um die deutsche Kommandantur anzurufen, wie er die verglaste Tür aufdrückte in der glatten, an den Ecken abgewetzten Holzzelle, den schwarzen Galatithhörer mit den kleinen Löchern in der Hörmuschel ans Ohr setzte und sich mit der Kommandantur in Verbindung bringen ließ.

Die Holztäfelung mit der schrägen Sonnenbeleuchtung, die hellgelben Fliesen, alles würde unverändert bleiben, nur daß ein grün getarnter Wehrmachtswagen durch das Hochtal fahren würde.

Den Tierarzt hörte er von weither kommen, in der Gebirgsstille bildete das zuerst noch sehr entfernte Tuckern des Holzgasmotors eine Hörlinie, die die Landschaft durchzog. Bald wurde das Geräusch immer lauter. Durch die Astlöcher der Speicherwand hindurch sah er den kleinen gelben Wagen des Tierarztes mit den Kotflügeln zu beiden Seiten des Kühlers, der auf das Haus zufuhr, so ganz alleine mit dem Mann hinter der Scheibe, der mit den Armen ruderte.

Der Wagen hielt vor dem Haus, er war ganz klein, ein Kabriolett mit steilem Kofferraum, an dem ein Handgriff zum Öffnen angebracht war. Der Tierarzt trug eine dicke braune Windjacke. Er sah ihn immer näher kommen und bald war er so nahe, daß er von oben gesehen zusammenschrumpfte: einen fast zeitlosen Augenblick nur noch ein Kopf auf Füßen gestanden. So hatte er auch, verkürzt, die beiden deutschen Soldaten gesehen. Sie wollten Butter, Eier und Käse. Der Bauer hatte sie gekonnt und höflich abgefertigt und sogar Rabatt vorgetäuscht, damit sie so rasch wie möglich wieder abzögen und er hatte sich vor Scham gekrümmt, daß sich seinetwegen der Bauer anstrengte und die Bäuerin seinetwegen aus ihrem Speiseschrank Butter und Käse nehmen mußte.

Als die Deutschen das erste Mal gekommen waren, hatte er geglaubt, sie kämen ihn abholen, der Bauer hatte ihn ins Heu hinaufgeschickt und er hatte die Angst in sich sitzen gehabt: ein hohles, ausgeweitetes Geröhre mit einer dünnen Schale umher, die er selber war: aber jeden Strohhalm kannte er nun auswendig für immer. Die Knoten im Holz mit den sie leicht umkurvenden Fasern hätte er mit geschlossenen Augen nachzeichnen können. Die Rillen zwischen den Brettern beneidete er, daß sie nicht ER waren und keine Angst zu haben brauchten.

Und nun hörte er wieder senkrecht heraufsprechen durch die Bodenbretter, es klang, als wären die Stimmen ein wenig zusammengedrückt. Wäre ein Loch gewesen, hätte er die Schädel sehen können, wie einmal, von weit oben, die Passanten unter dem Hamburger Michel, wie überrundete, winzige Fässer mit abwechselnd sich unter ihnen bewegenden Spitzen, die sie über den schrägen Platz forttragen schienen, an dessen Wand sie wieder zu zwerghaften, erkennbaren Menschlein wurden.

Er hörte die Stalltür gehen, den eisernen Hebel, der die Tür verschloß und der das Holz halbkreisförmig abgeschabt hatte. Am Rand war es von unzähligen Punkten von Fliegendreck bedeckt und in der Mitte von den Händen wie auf dunkelbraunen Glanz gewienert.

Mit weit offenen Augen hatte er alle Gegenstände angeschaut, sich still verhalten, um selber nichts anderes mehr zu sein als das Sehbild, das er vor Augen hatte, so konnte man allmählich sogar den eigenen Namen vergessen und jede noch so kleine Erinnerung loswerden. Sogar das Internat, wo er doch noch einige Monate früher gewesen war, kam ihm jetzt auch immer seltener in den Sinn und doch wußte er, daß er es sofort bereit haben würde, von allen Seiten gesehen, sobald er es nur in sich hereinlasse. Quer zur Straße gestanden, dachgescheitelt, braun verschalt, vom langen Balkongeländer umgürtet. Ganz weit hinten im Gedankennebel lagen noch andere Gärten, die man aber nicht an sich heran lassen durfte. Wenn man die Augen weit aufgerissen hielt, kam nichts mehr an einen heran, man wurde in sich selber rund und stumm.

Das Postgebäude stand dennoch in ihm wie eine Erinnerungsfalle: immer wieder wurde man ertappt. Es war ein hohes, hellgrau gestrichenes Zementgebäude mit großen viereckigen Fenstern, zwischen denen Pilaster die Mauer schmückten. In der Fassade, oberhalb des Eingangs in den Zement hineingegossen, standen in glatten, länglich-modernen Buchstaben die Worte: »POSTES TELEGRAPHE TELEPHONE« darüber wappenartig ineinander geschlungen »RF« und darunter in den selben wie platt gewalzten Lettern die Inschrift »PTT«. Es war das einzige öffentliche französische Gebäude, das er bisher gesehen hatte. Vielleicht gab es solche Postämter mit der breiten Rundung des P und der kleinen Öffnung des O auf gestricheltem Grund überall im ganzen Land.

Der Saal, kirchengroß, ging hochgefenstert auf die Dorfstraße, die man von innen rumoren hörte. Ein schwarzmarmorenes Gesims, zum Aufstützen, lag vor den Schaltern, hinter denen Damen, hinter Vergitterung, in hellblauen Kitteln saßen. Sie sprachen jene sanfte, geschmeidige, die Holprigkeiten abrundende Sprache, die er nun überall zu hören bekam.

Am Telegrammschalter mündete senkrecht und dann leicht vorgebogen die kupferne Einfassung der Rohrpost. Ab und zu steckte ein Beamter eine rund tranchierte Dose in die Öffnung und plötzlich hörte man wie sie vom Geröhre aufgesogen wurde und unsichtbar durch den Saal schoß. Und er war es, den man hineinsteckte, in einem Ledermieder, das ihm

Brust und Arme so eng umschloß, daß er kaum noch zu Atem kommen konnte, aber den sich verjüngenden Unterleib unanständig frei ließ. Man steckte ihn Kopf voran in die schwarze Galalithröhre, die nach Gummi roch, und im Saal lachten die Leute, wie er mit den nackten Beinen noch ausschlug, bevor sie zusammengepreßt in dem Schlund verschwanden und man einen Augenblick nur noch die hellen Fußsohlen sah.

Er ruderte sich immer tiefer ins Heu hinein. Die Stimme des Tierarztes und die vor Sorge eintönige des Bauern hallten dumpf herauf, Klicken, Stampfen, Stille. Dann glitten die Stimmen weg, sie waren wohl im Wohnraum: der Bauer trocknete sich bestimmt gerade die Hände an der Hose ab, während der Tierarzt am Tisch zwischen den beiden Fenstern vielleicht ein Rezept ausschrieb. Erst als das Auto wieder abtuckerte, kam er herunter: die Kuh verreckte noch am selben Abend mit nach hinten gewendetem Kopf, als wolle sie noch sehen, was auf sie zu kam.

Immer wieder das Sterben der Tiere. In der vor Kälte wie zusammengezogenen Landschaft stand da plötzlich mit gespreizten Pfoten die gescheckte Katze, überschlug sich, kollerte herum, stand verrenkt wieder still, warf sich wieder um sich selbst herum und fauchte, blickte starr vor sich hin, mit weit aufgerissenen Augen, weißdichter Speichel lief ihr aus dem Mund. Es war die Tollwut. Der Bauer brauchte lange, um sie einfangen zu können, und es gelang ihm, sie in mehrere Kartoffelsäcke einzuwickeln. Die grünen Augen blickten, stachen aus dem abgeschnürten Sack heraus, der sich von vorne nach hinten hin und her warf, das Gebiß des Tieres fletschte sich selbst bis zum Zahnfleisch heraus, die kleinen spitzen Zähne stachen hervor, wie im Wald bei vom Wetter weißgebleichten Gebeinen von Ratten, Eichhörnchen oder Wieseln, die man im Frühling auf freier Bodenfläche fand.

Nun würde es im Umkreis der Berge jenen winzigen Tod geben und er würde Zeuge sein. Die Bergrücken, die ungeheure Wand der Aiguilles Croches wuchtete da herauf unter präzisem Herbsthimmel, wo sich alles deutlich unter dem erwartungshohen Licht abhob. Der Sack bäumte sich unter dem ihn zuschnürenden Bindfaden immer wieder auf, auf dem Hackpflock gelegen. Alles blieb unverändert, umstanden von der gesamten Landschaft, nur daß ein Axtblatt kurz aufblitzte und auf die Holzfläche niederschlug. Der Sack öffnete sich, der Bindfaden schnellte spiralenförmig auf und der Sack fiel auf die Erde. Gerade ihm gegenüber stand der Kopf der Katze mit gespitzten Ohren und zuckenden Augen, deren Blick auf ihn gerichtet war, als wäre er aus dem Hackpflock herausgewachsen. Oft war er mit der Hand darüber gefahren, die Oberfläche fühlte sich weich an, die unzähligen Beilschläge hatten den Stumpf mürbe und wollig geschlagen. Aus dem Sack, aus dem Boden schoß das Blut heraus. Die kleinen Augen klappten auf und zu.

Von diesem winzigen Tod verwirrt, war er vom Stall in die Stube hin und her gegangen wie in sich selbst eingefangen und hatte dabei die Hausmonstranz angestoßen und eine der inneren Figuren war umgefallen. Neben der Tür war er ausgerutscht und hatte sich an der Monstranz festhalten wollen. An der Wand war sie leise hin und her gescheuert: der heilige Antonius war umgekippt. Hinter der

Verglasung, käseglockenähnlich mit Goldverzierungen umrandet und bogenförmig überdacht. Von der Spitze, oben, hing ein Engel mit ausgebreiteten Flügeln herab, aus dem eine kreisförmige Stuckstrahlung herausschoß, einst vergoldet: so hatte man auch Üppiges, Reiches, Kirchenschiffartiges bei sich zu Hause. Unter dem Engel standen Josef und Maria, in der Mitte, ein wenig erhöht, der Antonius von Padua, wie sie »leibten und lebten« mit Gesicht und Händen. Im Hintergrund standen richtige Pilaster mit Kapitellen zwischen blauen, besternten Feldern. Die Monstranz, hatte der Bauer ihm erzählt, war vor mehr als hundert Jahren von seinem Urgroßvater aus Turin mitgebracht worden, in langer Reise über die Berge, jede Figur sorgfältig eingewickelt und die Glasglocke für sich in einer Kiste auf einem Esel: es war sein Hochzeitsgeschenk gewesen, er hatte selber die Figuren aufgestellt und seitdem hatte sie niemand mehr angerührt.

Jeden Abend knieten der Bauer mit Frau und Töchtern davor; als Nichtkatholik, er war doch evangelisch, durfte er im Hintergrund dabeistehen. Er hörte dem Geraune des Betens zu: alle vier immer zur gleichen Zeit, ohne sich je zu verhaspeln, immer alle zugleich ansetzend, hörten sie auch gleichzeitig auf. Rings herum, während sie beteten, die hölzerne Zimmerung samt Alkove mit dem hohen Bett, auf dem die Vorfahren gestorben waren.

Er stand hinter dem Bauern und wiederholte immer wieder, es ganz unabsichtlich getan zu haben, es täte ihm so schrecklich leid. Er hatte aber fremder Leute Räumlichkeit gestört. Der Bauer war ihm sofort hinterher gekommen, hatte die Monstranz wie gestreichelt, sie zurechtgeschoben, nachgesehen, ob der Haken – ein schwerer viereckiger gußeiserner Haken – noch hielt, hatte davor kurz eine Kniebeuge gemacht und die Glastür der Monstranz geöffnet;

– »Noch nie habe ich sie geöffnet und jetzt muß ich es deinetwegen tun!« sagte der Bauer mit leiser wie belegter Stimme und er, er stand dahinter und beteuerte seine Unschuld: er war wieder einmal der Böse. Er brach in Tränen aus, heulte seine Unschuld heraus. Er konnte nichts dafür, daß das Böse immer mit dabei war, das gehörte zu ihm. Man war auf der Suche nach ihm, es geschah ihm ganz recht.

Es war schon lange Nacht und in der spärlichen Beleuchtung des Raums hoben sich die helleren Bretter der Wand ab; mit ungeschickten Fingern versuchte der Bauer den Antonius genau wie früher wieder hinzustellen, als würde eine neue und unheimliche Welt beginnen, wenn er nicht genau an derselben Stelle wie früher stünde. Von hinten war der Bauer eine breite Stehfläche mit Umfang; es wölbte sich zu ihm hin, der dahinter stand, weit nach vorne kreuzten sich die Hosenträger übereinander, zu beiden Seiten rundete sich das ab. Und das alles war der Bauer, der davon nichts wußte, von diesem Körper, der hinter ihm abstand. Plötzlich drehte sich das Ganze und wurde wieder Körper, von vorne mit Stirn und Haaren und den vielen Bartstoppeln, zwischen denen es Hautwege gab. Der Bauer richtete sich auf und brüllte ihn plötzlich an:

– »Das hast du absichtlich getan, weil du nicht gläubig bist. Der Teufel ist in dir, du bist ...«

Die Wut des Bauern wurde immer größer:

»Ja, in der Verwirrung wegen der Katze konntest Du das ausnutzen, natürlich.«

Der Bauer hob die beiden Arme und schlug auf ihn ein, ungeschickt und unsicher, aber ohne Unterbrechung. Der Junge suchte nicht einmal die Schläge abzuwehren, er wartete, bis die Verzweiflung sich voll in ihm ausgebreitet hatte, wie eine Masse, die in ihm aufsteigen würde und ihn überfluten, und laut wieder aufheulend lief er durch den dunklen Pferdestall hinaus.

Vor ihm stand die Schneenacht. Schon seit dem frühen Morgen schneite es und der Schnee reichte ihm schon bis über die Knie, es ging sich leicht in ihm. Sofort stand er in einer engen, hautnahen Dunkelheit, in der er nicht einmal an sich herunterschauen konnte, die eigenen Hände sah er nicht mehr. Weinend stapfte er durch den Schnee: es überfiel ihn das Heimweh nach dem Internat, er würde sich aber verirren, im Schnee umkommen. Er fühlte die Richtung, in die er gehen mußte, aber im tiefen Schnee könnte er nicht einmal den Weg heraustasten. Das Rieseln des Schneegestöbers umkreiste ihn körnig, trokken. Er hatte sich noch kaum bewegt und schon wußte er nicht mehr, wo das Haus lag, mit den Händen versuchte er seine eigenen Spuren herauszufühlen, es faßte sich überall gleich tief und leicht an. Die Dunkelheit war um ihn herum so nahe, daß er sie gar nicht mehr sah. Vor Entsetzen lief er vor sich hin, als solle ihm die Entfernung Licht verschaffen, er heulte laut vor sich hin, schrie.

Vor einem Augenblick noch hatte er gedacht, der Bauer wäre für seinen Tod verantwortlich, er hatte sich ihn vorgestellt, wie er sich vor Verzweiflung die Haare raufte. Er schrie jetzt aber immer lauter, drehte sich um sich selbst, als könne ihm das den Weg zeigen. Und auf einmal war es ihm, als seien die Schneekörner von unten beleuchtet, als ob, so stark war der Sturm, ihm wie weiße Striche zwischen den Beinen flogen. Er drehte sich wieder um und überrascht, daß er doch schon so weit vom Hof war, erkannte er das Licht über dem Pferdestall, den runden, weißen ein wenig schief hängenden, tellerartigen, flachen Schirm über dem Pferdestall. Der Bauer hatte doch um ihn Angst gehabt, das Licht angemacht und sich vielleicht seinetwegen mit der Bäuerin gestritten.

IV

In der weiten Öffnung zum anderen Tal hin waren schwarze Punkte, fliegenartig aufgestiegen, von einem hohlen noch entfernten Dröhnen begleitet, das immer lauter und tiefer wurde und bald den ganzen Himmel erfaßte. Nach einiger Zeit sah man die Flugzeuge, jedes mit allen Einzelheiten, schwarzflügelig dahinziehen und hinter der Bergwand verschwinden. Es waren amerikanische »Fliegende Festungen«, die Turin bombardierten.

Er hatte den Bauern sagen hören, vom Bergkamm sähe man nachts den ganzen Himmel rot erleuchtet über dem Mont Blanc, obgleich doch die Stadt über hundert Kilometer entfernt lag. Des Nachts hatte es ein Kuhhirt auf der Alm gesehen.

Tagelang waren solche Geschwader hin- und zurückgeflogen, das Tal schien sich zusammenzuziehen, sich zu verkleinern unter dem riesigen Gedröhne, ganz klein geworden auf einmal unter der darüber sich hinweg ausbreitenden Entfernung. Über Turin war er mit dem älteren Bruder gefahren, sie waren beide aus Florenz gekommen und fürchteten der Herkunft wegen, man lasse sie nicht über die Grenze nach Frankreich. In der Bauchwand hatte ihm ein Gewicht gelegen, als wäre ihm, wie im Wolf und den sieben Geißlein, der steingefüllte Magen wieder zugenäht worden. Nach kahlen mit Gestrüpp bedeckten Bergen waren sie durch eine grüne Ebene gefahren. Immer wieder zogen lange Pappelreihen heran und entfernten sich plötzlich wie auf einer Drehscheibe. Immer wieder kamen solche Baumwände an das Gleis heran und kippten wieder in die Entfernung zurück. Oder man zog an langen flachrot bedeckten Häuserrücken vorbei. Auf einmal war dann über der leisen Dunstschicht unversehens die ganze Alpenkette gelegen, riesig, obgleich ganz schmal am Horizont, farbenstarr über der dünnen Nebelschicht schwebend. Über dem Zuggetöse erhoben sich immer deutlichere Schneeflanken und sich in der Entfernungsbläue verlierende Talschächte öffneten sich immer weiter. Die allmählich höher werdenden Gebirgslinien überschnitten sich immer öfter, verschwanden dann lange hinter den Pappelreihen und kamen verändert, schärfer im hellen Licht wieder zum Vorschein.

Sie waren über Turin gefahren, minutenlang waren Sägedächer an einem vorbeigezackt: man hatte es ihnen vor der Abfahrt noch gesagt: sie würden an dem größten italienischen Autowerk vorbeifahren und es hatte ihn gewundert, daß es in Italien Ebenen und Autowerke gab. Und nun flogen, aus England gekommen, diese Geschwader über ihn hinweg und sollten Bomben abwerfen. Drohung stieg wieder auf. Schon einige Monate früher waren am lichtgrauen Nachmittag Container an Fallschirmen von Flugzeugen über das Tal abgeworfen worden und die Landschaft war auf einmal zusammengeschrumpft, als sähe man sie auf einem Foto. Die in der Luft herunterschaukelnden Behälter schienen größer als die Berghänge, die da still ausgebreitet lagen.

Seit Tagen war das Wetter so blau, unbeweglich, mit am Abend scharf ausgeschnittenen

Kammlinien. Er hatte sich wie eingenistet, sich schon eine kurze Sommerzukunft gestaltet: in den Armen hatte er das Aufladen mitgefühlt oder das Sägen. Er würde vielleicht sogar zu einem Nachbar mitkommen dürfen und sie hätten zusammen gearbeitet. Der Bauer hatte gesagt, er würde ihn mitnehmen, wenn er wieder Bäume fällen gehen würde. Er wäre stolz gewesen, aber der Gefahr wegen durfte er sich nicht mehr vom Hause entfernen. So blieb er immer in der Nähe oder stöberte in der Rumpelkammer in den Stapeln von Zeitschriften aus dem vorigen Jahrhundert herum.

Abbildungen von romantischen Gebirgslandschaften hatte er gefunden, steil, schroff von hohen Gipfeln überragt mit schwindelhohen Hängebrücken über tiefen Schluchten oder auf halber Höhe sich an Felswänden emporschlängelnden Wegen. Es waren große Stiche, die manchmal die Hälfte einer Seite einnahmen. Solche Landschaften hatte er sich immer wieder hinter den behäbigen rundlich vertrauten Gebirgskuppen vor den Fenstern des Hofes vorgestellt.

Und nun hörte er hinter sich im Morgenlicht wieder einmal das Pausezeichen von Radio London mit zuerst den Geheimbotschaften für den Widerstand: »Die Kirschen sind reif« oder »Karl geht Milch holen« und dann plötzlich, es war der 7. Juni 1944, daß die Alliierten seit dem Vortag in der Normandie verschiedene Landeköpfe eingerichtet hätten und daß die französischen und anglo-amerikanischen Truppen schon ins Landesinnere vorgestoßen seien. Und es kamen ihm Bilder von dort vor die Augen, Hohlwege, auf die quer von Bäumen überragte Hecken zuliefen, wie er es in seinem Geographiebuch einmal gesehen hatte. Den Krieg aber konnte er sich gar nicht vorstellen.

Der Krieg: eine winzige Angst im Gebirge, Leute, die einen Lastwagen bestiegen, ein Spähwagen der Wehrmacht mit gelbgrünen Tarnungsfarben, wie er sie auf seinen Spielzeugen gehabt hatte, und jetzt wurde der Krieg für ihn auf einmal Hoffnung, Befreiung. Er würde vielleicht das Land entdecken, das ihn aufgenommen und geschützt hatte.

Im Radio wurden Namen genannt, die er noch nie gehört hatte, Arromanches, Sainte-Mère Eglise, Villers-Bocage oder Valognes, die aber vertraut klangen, als hätte man sich da heimisch fühlen können, wie in der Sprache. Die Ortschaften sahen nach ihren Namen aus: hohe Bäume, Sonntagmorgen und Glockengeläut. Er war allein und hörte zu, als der Bauer zu ihm aus der Küche kam. Hinter ihm fiel der Eisenhaken der Türklinke mit dem ein wenig hohlen Geräusch zurück. »Morgen früh mußt du weg, ich kann dich hier nicht mehr behalten, es sind jetzt Spione überall.«

Zuerst blieb in ihm alles wie sonst, es mußte das Gesagte erst einmal dahin, wo in ihm noch die Angst lag, und das fing mit dem ersten Tag an, als er im Oktober des vorigen Jahres ankam: die erdendunkle Küche mit dem Weiß der Teller und dem knusprigen Braun der Kartoffelpuffer und den rundlich gekneteten Fleischbuletten: er hatte so viel essen dürfen, wie er wollte. In wenigen Tagen hatten sich die Frostbeulen an den Fingern geschlossen: die Unruhe hatte sich aus ihm herausgelöst, als hätte er sie wegfließen gefühlt. Es hetzte ihn keiner mehr und vor ihm lag ausgebreitet die Zeit. Er würde das Abenteuer des Kennenlernens erleben, Gewohnheiten sich einverleiben, die nicht die seinigen waren, sich Erinnerungen schaffen, vielleicht ein anderer werden.

Die Enge stieg ihn von unten wieder an, zerrte ihm den Körper zusammen, es war ihm, als enthielte er einen zugedrückten senkrechten Schlauch, aus dem er nach oben herausgedrückt wurde, es war, als blättere er ab. Jede Einzelheit des Weges, den er seitdem nicht mehr gegangen war, kam ihm wieder vor Augen: die Deutschen waren ihn auch gegangen, hintereinander, im Winter, auf ihren Schiern. Er hatte sich dann immer die gerade Spur angesehen, die sie im Schnee gezogen hatten: eine wie ausgebaute Trasse mit geraden Rändern und den beiden glatten Vertiefungen, die eine neben der anderen: er ging ihr dann nach bis an den Rand der kleinen Mulde, von wo man, über die Schneefelder hinweg, eine lange Wegstrecke übersehen konnte und jedesmal stellte er sich vor, wie er auch die dunklen Tannen am Rand gesehen hätte, alles genau so, wie es war, wenn die Deutschen ihn gefunden und mitgenommen hätten.

Vielleicht hätten sie ihm die Hände gefesselt und an einem Seil hinter sich hergeschleppt und er legte die Handgelenke aneinander, um die warmsanfte eigene Berührung zu spüren. Schlagartig überkam ihn wieder die Erinnerung an die Strafen von einst, wenn man ihm die Hände zusammenband, damit er nach der Züchtigung nicht das Brennen lindern könne.

Am nächsten Tag hatte es ihm um das Frühstück leid getan: das Brot, das er sich gegen die Brust stemmte, wie der Bauer, um sich mit dem Taschenmesser Teilscheiben davon abzuschneiden. Dann nahm man sich von der zu weichen noch ein wenig wässerigen Butter mit dem Gefühl des Genughabens, so dick, daß die Brotporen unsichtbar wurden, und die große henkellose Tasse mit der warmen Milch, die man dazu bekam. Gerade an diesem Tag hätte er sich gerne mehr davon genommen.

Wie ein »betuchter« Reisender kam er aus dem Hause heraus, mit freien Händen, als ginge er spazieren. Die Landschaft, die ihm entgegen lag, kannte er auswendig. Wäre nicht die Angst gewesen, wäre er froh gewesen, aus der Enge heraus zu sein. Er hatte es von Anfang an gefühlt: er gehörte nicht dazu: vor den beiden Töchtern des Bauern hatte er sich immer gefürchtet, man hätte meinen können, er wollte ihnen nachstellen und doch hätte er am liebsten zu den abseitigen, schmächtigen Jünglingen gehört, zu den Erwählten, die auf steilen Bergpfaden bedächtig einherschritten und den Rosenkranz beteten. Schwarz gekleidet mit langen weißen Händen würde er sich den Henkern opfern und doch erschauerte er jedesmal, wenn er sich nackt zur Hinrichtung abgeführt vorstellte. Deshalb doch waren die Deutschen gekommen ihn mitzunehmen. Was er an sich begangen hatte, wußten sie.

Auf dem Bauernhof waren fromme Zeitschriften, breitgedruckt auf weichem faserigen Papier, seine einzige Lektüre gewesen. Erbauliche Geschichten, die sich immer in fernen Ländern abspielten: Stiche, Radierungen mit hellen Figuren auf dunklem Hintergrund, in die er sich hineinzuschauen versuchte: er hatte sich an den Märtyrerknaben exaltiert und sie sich vorgestellt, wie sie sich lächelnd der Folter hingegeben hatten, fünfzehn, sechzehnjährig wie er, und sie alle, die Pankraz, Cyrill, Domenikus von Murcia, die sich da nackt ihren Henkern ausgeliefert hatten, nicht einmal schuldig waren sie gewesen und heilig dazu hatte man sie gesprochen.

Und nun war er wieder der Gefahr ausgesetzt, vielleicht sollte er solcher Wünsche wegen bestraft werden. Denn es überkam ihn wieder die Vorstellung von sich selbst: unschuldig noch und schon großgewachsen, wie er seinen Henkern in die Augen schauen würde. Es kamen ihm Visionen, mit anderen zusammen in kahlen Räumen oder draußen gegen eine Hofmauer gekauert, in dunkler, ärmlicher Kleidung: wie interessant er doch wäre!

Um ihn herum war aber alles fast beleidigend still, es war, als ob es das alles gar nicht gäbe.

Aber als er die kleine Mulde über den fußbreiten Pfad durch die Wiese ging, der in den Fuhrweg mündete, drehte er sich zum Bauernhof um, fast klein schon, ein gedrungenes, holzgetäfeltes Dreieck vor dunklem Tannenvorhang. Vor ihm lag der Weg, von der leichten Anhöhe unterbrochen, hinter der die

Deutschen oder die Miliz schon aufgestellt auf ihn wartete.

Er trug einen bleiernen Körper in sich mit, der senkrecht durch ihn durchdrückte: weit weg würde man ihn bringen, beseitigen, wie es damals schon geheißen hatte, nicht erschießen würde man ihn, es würde anders sein: ein Wegschaufeln, ein erdiges Überdecktwerden. In der morgendlichen, leeren Landschaft schrie er auf und fing weinend zu laufen an, vielleicht hatte man ihn gehört. Als er auf der Anhöhe ankam, kippte alles in eine beinahe unermeßliche Ferne um.

Rechts der waldbedeckte Abhang des Mont d'Arbois, dessen unterer Teil wiesengrün ins Hochtal hinunterstieß und in der Mitte den Blick in so weite Entfernungen durchließ, daß nur noch hellblaue, kaum wahrnehmbare Konturen erschienen, davor eng, balkonartig plötzlich gradlinig unterbrochen, das Hochtal und nach links hin den halben Horizont einnehmend die ganze Kette des Aravisgebirges. Vor so viel Weite, wo keine Gefahr zu sehen war, beruhigte er sich wieder und schämte sich, daß er sich für so wichtig gehalten hatte.

Sollte er nicht mitgenommen werden, wieder überkam es ihn, versprach er sich – und die Anstaltsleiterin konnte ihn seiner Verspätung wegen noch so strafen – genau an diese Stelle zurückzukehren, sich wieder die Angst vorspielen und dann versuchen die ganze Araviskette zu zeichnen, wie sie da vor ihm lag. Ganz rechts gab sie den Blick auf das Arvetal bis in die Schweiz frei. Fast schon hinter dem Horizont sah man in der unheimlichen Stille der Entfernung, hinter den sich überschneidenden immer heller werdenden Felsenwänden der Talöffnung der Arve den Mont Salève. Es waren ihm öfters in Geographiebüchern davon Bilder gezeigt worden, einmal sogar im klaren Winterlicht hatte die Leiterin des Internats ihm den Berg gezeigt und gesagt: »Das ist die Schweiz, da ist man frei, da gibt es die Deutschen nicht.« Und er hatte sich in Magenhöhe derart geschämt, daß er sich davon gekrümmt hatte. Es war, als wäre es ein Vorwurf gegen ihn gewesen, als erwarte man von ihm, er solle dafür die Verantwortung tragen, es war eine dumpfe, schwere Scham, die in ihm lastete. Öfters hatte es ihm die Anstaltsleiterin gesagt: »Eigentlich sollte ich mich nicht um Sie kümmern, Sie sind doch ein kleiner Deutscher und die Deutschen halten Frankreich besetzt.« Seitdem hatte er mit sich selber Angst gespielt, das machte ihn wieder interessant, und sich vorgestellt, sie würde ihn vor die Tür setzen, er würde in der Kälte umherirren, im Schnee ertrinken wie in einem unsichtbaren Nachtmeer. So wurde die Rute für ihn ein Zeichen des Bleibendürfens, solange man ihn strafte, behielt man ihn.

Manchmal, wenn er in die Berge geschickt wurde zum Milchholen mit den glasblauen oder grünen Flaschen im Rucksack, waren ihm Bilder von Paris, weit hinter dem Mont Salève wieder eingefallen, wie er sie auf Abbildungen gesehen hatte. Notre-Dame, die er mit dem ganzen Körper fühlte, mit den viereckigen, linierten, auf der eigenen Leere stehenden Türmen; wie vorher Santa Maria dei Fiori, konnten die Finger deren Raumbeschaffenheit nachziehen; man fühlte die Kirche stehen, als sei man sie selber. Immer wieder hatte er von Paris erzählen hören, immer wieder kamen die Worte »avant la guerre« (vor dem Krieg) in den Erzählungen vor. Er hörte von Lunapark, von der Porte Maillot, von der Métro. Er kannte schon die Straßen: Rue la Boétie, Boulevard Saint-Michel oder Rue Rambuteau und nach dem Klang der Namen stellte er sie sich undeutlich, aber doch erkennbar vor.

Es war eine lange Nachtreise und wenn einer der Reisenden dann das Fenster herunterschob, war es schon die Ebene, in der hie und da Lichter aufblinkten, hinter sich hatte man die dunklen Berge und keine Zeit mehr, sie sich anzusehen. Auf der Karte hatte er es sich angeschaut, er kannte die Städte und Flüsse. Auf den Landkarten war das Land immer malvenfarbig, mit den Fingern zog er die Eisenbahnlinien nach, die sternförmig von Paris aus das Land durchzogen, eine davon führte nach Spanien über Bordeaux. Diese Stadt liebte er ganz besonders. Wie Hamburg ein Hafen innerhalb des Landes. Dampfer fuhren zwischen den Feldern und Wäldern dahin.

Er hatte schon oft von Montauban, Melun oder La Rochelle sprechen hören und er sah die Städte liegen in der Abendsonne, eine Häuserlinie durch die Getreidefelder ziehend oder vom Meer aus gesehen, mit dem runden Turm am Hafen. Von der Avenue de l'Opéra und von der Rue de Turbigo wußte er, daß sie schräg verliefen, die Stadt anders durchschnitten; das Licht in diesen Straßen war ein wenig heller oder dunkler, farbiger oder dumpfer als in denen, die die Stadt von Norden nach Süden durchzogen.

Und nun waren die Deutschen in Paris und jedesmal, wenn er Bilder davon sah, schüttelte es ihn vor Scham, da war Frankreich immer im Hintergrund: lachende selbstgefällige deutsche Soldaten mit Stahlhelm vor den Häusern, die zu ihnen nicht paßten, mit hohen Fenstern, vor denen man sie nicht erwartet hätte, sie sprachen die Sprache nicht, die nun die seinige geworden war: er sprach sie mit seinen Mitschülern und kannte alle Wörter, die sie auch benutzten, wenn sie von der großen Freude sprachen, von der gotthaften Entdeckung, die sie abends an sich selber machten und von der sie sich von Bett zu Bett zuflüsterten und er liebte die Sprache, in der er von so etwas sprechen hörte. Auch mit ihm hatten sie davon geredet, ihn zu sich gezogen und die hellwarme Haut ihrer Schenkel hatte ihn erregt und verwirrt und alles vergessen lassen. Sie hatten mit seinem Körper gespielt und sich amüsiert, wenn er sie nicht verstand.

Und nun, auf den Bildern der Illustrierten, entdeckte er Frankreich hinter den Deutschen: sein Blick fraß sich in die Laternen hinein, in die Schaufenster, die Türen, die Verglasungen oder die mitgeknipsten Straßenfluchten und übersah die deutschen Soldaten, es schmerzte ihm der Körper, daß sie da standen, wo sie nicht hätten sein dürfen.

Es wurde immer wieder schmunzelnd erzählt, wenn sie durch die Dörfer fuhren und da übernachteten, wüschen sie sich vor dem versammelten Dorf am Brunnen. Im Winter bei strengster Kälte schauten ihnen die Bewohner zu durch die mit Eisblumen bedeckten kleinen Fenster, wie sie mit der Axt das Eis durchschlugen, so daß es nur so glitzernd herumsprühte, und sich pustend mit nacktem Oberkörper wuschen.

Es durchzuckte ihn vor Scham, wenn er an jenes Gemänner dachte mit so viel Körper und dem kleinen Kopf oben drauf. Schon immer hatte es ihn gewundert, daß so ganz im Unterschied zu den Kindern, die Erwachsenen so viel Körper brauchten und daß sie redeten, während das Ganze so unter ihnen mitstand oder mitsaß.

Die Leute trugen sich selber herum, ohne davon zu wissen zu scheinen. Beim Bauer hatte es ihn auch gewundert, daß er so viel Brust, so viel Körper an sich hatte und ganz oben darauf auf sich selber saß. Die Franzosen hatten weniger Leib, sie waren nicht so blond, nicht so breit, an ihnen blieb der Blick weniger hängen, sie ließen mehr Platz, um zu sehen, was um sie herum lag.

Im Internat hatte er sich schon oft Bilder aus den Geschichtsbüchern, viereckige farbige Vignetten, angesehen, aber französische Bücher hatte er noch kaum gelesen, die Angst verwirrte ihm immer den Blick, er faßte nichts, wenn man las, konnte man nicht so gut auf die Ohrfeigen achtgeben.

Die Anstaltsleiterin kam dann immer von hinten und da er doch zum »Spaß« las und nicht seine Schularbeiten machte, schlug sie zuerst mit der Linken und sportlich um sich selbst rotierend sofort mit der Rechten nach:

in einem brummte und sirrte es, rote Sterne schossen in den Augen vorbei und vor Selbstmitleid laut aufheulend, genoß man sein eigenes Unglück.

Zeit hatte er nur für die Bilder, die ihm ab und zu unter die Augen kamen, in den Illustrierten, die sich die Achtzehnjährigen kauften und unter ihren Matratzen versteckten. Auf seinem Bett gesessen sah er sie sich dann an, wenn er zur Strafe wieder einmal ohne Essen zum Schlafsaal geschickt wurde.

Manchmal während der Repetierstunden hatte er doch Zeit gehabt, in seiner Lesefibel Kurzgeschichten zu lesen, und es waren immer wieder solche, in denen ein Kind gerettet wurde, ein verirrter Bergsteiger noch im letzten Augenblick aufgefunden oder ein Schwerverletzter doch noch geheilt wurde; im Französischbuch waren auch Vignetten, tief gedruckte Stiche aus dem 19. Jahrhundert, welche die Schüler mit ihrem Land und ihrer Umgebung vertraut machen sollten. Einen dieser Stiche sah er sich immer wieder an: eine Dame mit weit um sie herum reichender Krinoline saß in einem ärmlichen Zimmer, dessen Tür zur ebenen Erde offenstand. Quer zu ihr, gegenüber, war die ganze Familie respektvoll versammelt mit gefalteten Händen im Schoß. Eltern und Kinder blickten ehrfurchtsvoll zum einzigen Stuhl des Hauses, auf dem die elegante Dame saß. Das Bild hieß »L'accident« (der Unfall). Er stellte sich vor, wie er eins der gaffenden Bauernkinder gewesen wäre.

In einer Abstellkammer, wo die Schier für den Winter untergestellt waren – seltsam war es, im Sommer das glatt auf einer Seite leicht aufgewölbte Winterholz anfassen zu können –, lagen die Zeitschriften aufgestapelt, die jede unter der anderen die Vertiefungen und Ausbuchtungen der vorigen wiederholten. Da man ihn zur Strafe ohne Licht einschloß, manchmal mußte er zwei Stunden oder länger da sitzen bleiben, konnte er im Dunkeln sich nur die Bilder ansehen, für das Geschriebene war es nicht hell genug.

Er hörte seine Mitschüler an der Kammer vorbeigehen und in Augenhöhe hatte er die Bretter: die Mitschüler sahen diese Holzfläche unter dem Treppenansatz und wußten, daß er dahinter zur Strafe hockte. Manchmal schlugen sie im Vorbeigehen gegen die Tür, zwei- oder dreimal kurz nacheinander, als wollten sie ihn ermutigen oder zeigen, daß sie »draußen« waren.

Von den Bildern konnte er immer nur Streifen unterscheiden: Häuser, Straßen oder Palmen, arabische Djellabas, viele Bilder erzählten von den Kolonien. Die Abstellkammer unter der Treppe war nur eine Vorstufe, eine Vorbereitung für bevorstehende Züchtigungen. Erst einige Tage bevor die Deutschen ihn im Internat abholen kamen und er sie sogar getroffen hatte, hatte er entdeckt, daß es neben der Tür eine Lichtritze gab, in deren Helle man alles deutlich sehen und lesen konnte.

Das Foto, es nahm eine halbe Seite der Zeitschrift ein, sie hieß L'Illustration, stellte den Flughafen von Le Bourget im Jahre 1934 dar. Eine riesige Wiese, die ein Drittel des Fotos einnahm, stieß in der Ferne auf eine baumgesäumte Straße, die Wipfelkette durchzog das Bild von einem Ende zum anderen, jeder einzelne Baum stand im Schattenriß von der Helle, alle breiteten nacheinander ihre Äste aus und doch stand jeder anders. Hoch über den Bäumen sah man einen Doppeldecker, der schräg die riesige Wiese anflog.

Lange hatte er das Bild angeschaut und er hatte die unsichtbare Landschaft, die Weite eingeatmet, er hatte gefühlt, wie sein Körper da hinein zu stürzen schien, als breite sich der ganze Raum bis zur entfernten Stadt hin vor ihm aus. Es hatte ihn in Schulterhöhe eine plötzliche Reiselust in der dunklen Strafkammer überfallen. Es hatte ihn in seiner schrägen Behausung eine unverständliche Begeisterung erfaßt. Im voraus fühlte er das zukünftige Fahren in sich, obgleich er seit Jahren schon nicht mehr gefahren worden war.

Man hatte ihn zum Mittragen der Lebensmittel ab und zu mit einigen größeren Knaben zusammen in die Stadt ganz unten ins Arvetal mitgenommen. Im grünflachen Tal lag sie rot bedacht da, mit geraden sich schneidenden Straßen, hellblau gestreifte Planen hingen in der hellen Sommerhitze über den Bürgersteigen; es war die erste französische Stadt, die er gesehen hatte, es standen hochbeinige steife Villen hinter eisernen Gittern in größeren, ein wenig verwilderten Gärten.

Bis zum Bahnhof hatte er aber nie gehen

können, er hatte ihn nur von weitem liegen sehen, hellgelb angestrichen mit Bogenfenstern, wie ein Wohnhaus, als halte er sich gar nicht für einen Bahnhof. Er hatte noch nie französische D-Zug-Wagen gesehen, man hatte ihm erzählt, sie seien braun gestrichen. Bei Ostwind, in der Nacht, hörte man manchmal vom Internat aus das dumpfe, kaum wahrnehmbare stangenhafte Dröhnen eines Zuges, das lange den Raum durchzog, wie eine Ahnung von der Unermeßlichkeit der Welt.

V

Die ganze Araviskette lag vor ihm ausgebreitet, unten zur rechten Seite streckte sich das Tal der Arve, dessen unterer Teil schachtelartig von senkrechten Felsenwänden eingefaßt war. Weit weg verlief es sich in die Genfer Gegend. Auf der anderen Seite stieß das Gebirge auf eine meerartige Leere, da lag dann Chambéry, wo er einst angekommen war.

Manche Berge waren rechteckig geschnitten mit schräg bedachten Flanken, andere rundlich mit aus ihnen herauswachsenden Etagen, andere wieder standen steif, zackig, bildeten Pyramiden oder kesselartige, abgestumpfte Gipfel. Das Ganze stand da – eine riesige zusammengegossene Freiluftmöbelwand – in der unheimlichen Stille seines gigantischen Stehens.

Er ließ sich auf der leisen Anhöhe den Wind in den Mund blasen, von vorne oder seitlich, öffnete oder schloß die Lippen, rundete den Mund um den Ton herum, der schrill oder tief wurde, und es war ihm – er glaubte plötzlich nicht einmal mehr an seine Angst –, als käme der ganze Weltraum auf ihn zu, als bekäme er ferne Täler und Hänge zu schlecken, als hätte er zwischen den Zähnen, am Gaumen alle Entfernungen, alle Länder, durch die der Wind gezogen war; er kam von Norden, aus der Schweiz, von noch weiter her, wo in unendlicher Ferne der vertraute Garten lag.

Man mußte sich auf einen Sehpunkt konzentrieren, auf ein entferntes Haus, eine Wegkurve, einen Baum mit starrem Blick und so lernte man, wie man das Weinen nach und nach abdrängen konnte und wie man dann ein Geräusch, ein Rasenstück des Heimatgartens an sich heranlassen konnte.

Vor dem Hintergrund der Araviskette erhob sich zur rechten Seite die rundlich bewaldete Flanke des Mont d'Arbois, davor das von Mulden und Kuppen durchbrochene Gelände, an dessen Ende, tannenverdeckt, das Internat lag, wo er wieder hin mußte, wo aber vielleicht die Deutschen nach ihm auf der Lauer waren.

Von weither erhob sich in der Stille das entfernte Tuckern eines Motors, das ab und zu verschwand hinter einem Felsvorsprung oder einem Abhang unhörbar geworden. Es war ein Auto, das immer näher herankam, aber es war nicht das ein wenig stotternde, immer wieder einsackende und dann wieder anhebende Knattern eines Holzgasmotors, sondern das regelmäßige Rattern eines Benzinmotors, wie sie die nur die Deutschen hatten. Sie waren auf der Suche nach ihm. Die Angst, die er für einige Augenblicke vergessen hatte, befiel ihn wieder, sank in ihn hinein, von oben herunter, als friere ihm der Körper nach unten hin ein. Er war von überall sichtbar, wie er da auf sich selber stand, aufgestapelt, mit allem Zubehör und dem Verbotenen, das es an ihm gab und er nicht abschaffen konnte.

Das schon geübte Auge brauchte nicht lange, um ein Versteck zu finden: über die Wiese durch und dann sofort den tannendunklen Abhang hinunter. Dabei war alles so still, so ruhig, der schöne Morgen stand über der Landschaft. Mit unter ihm einknickenden Beinen ging er quer über den Wiesenrand und warf sich auf den sofort steilen Abhang.

Das Motorgeräusch kam immer näher und bald sah er auch den Wagen auf dem Weg dahinholpern, ein rotes Kabriolett mit lachenden jungen Menschen, die alle in dieselbe Richtung schauten und ab und zu in die leere Landschaft hineinwinkten. So eitel war er also gewesen zu glauben, das Geräusch gelte ihm.

Er würde warten, bis der Wagen umkehren würde, nach einigen Kilometern war der Weg nicht mehr befahrbar. Sie würden ihn ein wenig später überholen. Immerfort hatte er den Motor gehört, wie er auch an der Livraz vorbeigetuckert war und vielleicht hatte sich ihn der Bauer vorgestellt, wie der Wagen an ihm vorbeigefahren war. Vielleicht hätte man gehalten, damit er einsteige. Er sah sich da schon mit diesen fröhlichen jungen Menschen zusammensitzen. Seiner Eitelkeit hätte er nicht widerstehen können und Geschichten erzählt über seine reiche in Paris gebliebene Familie; er hätte den einsamen jungen Wanderer gespielt, der ins Hotel zurückwandere, wo Personal und Chauffeur schon auf ihn warteten. Die anderen, die alles sofort durchschaut hätten, sie hätten ihn direkt zur Gestapostelle nach Sallanches hinuntergefahren und wegen der Geschwindigkeit hätte er nicht abspringen können.

Der Wagen kam aber nicht zurück, die wollten eine Bergtour machen oder picknikken. Er ging wieder auf den Weg zurück, von weit her kamen ab und zu Geräusche auf ihn zu: eine Tür, das Zuschlagen eines Gitters, Kochtöpfe.

Jetzt lag die ganze obere Talöffnung vor ihm, wie sie ins weitere Tal nach unten stieß, es war ein riesiger Paß, von dem aus Täler in alle Richtungen verliefen, und schon ganz nahe auf halber Höhe lag der Weiler, wo jeder ihn noch vom Milchholen kannte und wo er durch mußte. Man würde sich bestimmt wundern, ihn nach so langer Zeit aus verkehrter Richtung wieder auftauchen zu sehen. Aber man hob nicht einmal den Kopf nach ihm. Die Bauernhöfe standen da und trugen die riesigen Giebelfelder über sich selber reglos und still, die Landschaft umgab sie oder lag streifenartig zwischen ihnen. Dahinter gab es die viereckigen lattenumzäunten Gemüsegärten, wo Bohnen, Zwiebeln und Salat reihenförmig wuchsen.

Es kam dann eine kurze, gerade Strecke, die er zum Milchholen so oft gegangen war. Im Frühling hatte es die Kaulquappen gegeben in den Gräben unter dem ungeheuren Bergblick der Aiguilles Croches. Sie trieben hin und her, um sich selber herum, zuckten, blitzten weg und reiften dann in einigen Tagen zu winzigen Fröschen mit Schwanz heran.

Ein wenig weiter stand da eine Schreinerwerkstatt, an der man entlang mußte und deren dünne Holzwand ohne Übergang senkrecht aus dem Straßenrand emporragte, große dunkelgelbe mikaverglaste Fenster lagen sich zu beiden Seiten des Schuppens gegenüber. Gelblich erblickte man die andere Talseite. Eines Tages hatte sich der Schreiner beschwert, man hatte ihm Schneebälle in die Werkstatt geworfen. Bei der Rückkehr hatte man alle Internatsschüler befragt, ob sie es gewesen wären, wenn man ihn ein wenig genauer vorgenommen hätte, wäre er sofort geständig gewesen, mit allen Einzelheiten sogar, obgleich er es gar nicht gewesen und nicht einmal dabeigewesen war. Ihm warf man die Schneebälle, er tat, als merke er nichts, der Schnee lief ihm den Hals, den Rücken bis auf die Schenkel hinunter, wo die Kälte sich aufteilte. In Schneebällen kannte er sich aus: manche platzten einem sternartig ins Gesicht; man konnte sich noch so hüten, einer hatte den Schneeball immer bereit, dazu trugen sie Fäustlinge, er aber keine, sie waren ihm zu klein geworden, seine Gönnerin war weit weg und hatte kein Geld für ihn hinterlassen.

Hätte man ihn ausgefragt, er hätte sich aufs genaueste beschrieben, wie er in der Türöffnung der Schreinerei stand mit dem festgekneteten Schneeball in der Hand, für sich selber hatte er alle Bilder bereit, die man wollte. Er beschuldigte sich selber, auch wenn man gerade den Schuldigen herausgefunden hatte, das fand man zynisch und strafte ihn dann wegen seiner Unschuld ab. Vor der Schreinerei standen frisch gehobelte Bretter nebeneinander, vor Länge leicht in der Mitte eingebogen, dahinter im frischen Halbdunkel hätte er eine schützende Unterkunft finden können, aber der Schreiner hätte ihn beim Kragen herausgeschleppt – schon fühlte er den Körper auf dem Asphalt schleifen – und vielleicht wäre gerade die Miliz oder ein Spähwagen der Wehrmacht vorbeigefahren.

Einige Schritte weiter, ein wenig höher über der Straße, stand die Talstation der Schwebebahn, ein satteldachbedecktes Gebäude, aus dem ab und zu plötzlich eine Kabine mit einem Ruck samt allen Fenstern nach hinten gerichtet, dann vornübergeneigt herausstieß.

Es kamen ihm Touristen entgegen in weißer Sommerkleidung, die fröhlich lachten und wie die jungen Leute im roten Auto aussahen, sein Blick fraß sich in sie hinein, sie waren unbesorgt, als wüßten sie nichts vom Krieg. Er ging an ihnen vorbei mit der unsichtbaren Angst in ihm, er gehörte weggeschafft, er war unerlaubt, sie lebensbefugt, und das alles unsichtbar aneinander vorbei auf derselben Straße unter demselben Himmel, es änderte sich nichts, es blieb sich alles gleich und doch gingen die einen spazieren und der andere, ein Kind, gehörte beseitigt. Die Sommergäste öffneten schon im Gehen ihr Portemonnaie für die Fahrkarte.

Kein Mensch drehte sich auch nur nach ihm um, er war ein Fußgänger unter anderen, auch war kein einziger deutscher Wehrmachtswagen, kein schwarzgekleideter Milizsöldner in Sicht. Vielleicht hielt man ihn für einen Sommergast, einen Kollaborateurensohn, den man hierher geschickt hatte, damit er sich vollfüttere und bei den erwarteten Straßenkämpfen in Paris nicht dabei sei. Vielleicht dachte man, er sei ein gerade schwänzender Schüler oder ein junger Bediensteter, den man irgendwohin geschickt hatte. Er wäre gerne Diener geworden, er hätte sich nicht zu fürchten brauchen, es hätte ihn gar nicht gegeben, er wäre nur eine Verrichtung gewesen, man hätte seine Arbeit eingeschätzt, ihn selber hätte man nicht einmal gemerkt.

Auf einmal hörte er das wohlbekannte Sirren der Schwebebahn, das Abstoßen der Abfahrt, dann schon sehr bald das Gehumpel über den ersten Träger. Es war ein sommerliches, frohes, Aussicht versprechendes Geräusch, das er nicht mehr gehört hatte seit dem Abend, als die Deutschen ihn abholen gekommen waren und er unter den Tannen des Abhangs gestanden war mit dem Klumpen in der Brust und geglaubt hatte, man wolle den Berg von oben nach unten nach ihm durchkämmen.

Hinter dem Gelände, aus dem die Schwebebahn herauszufahren schien, öffnete sich wieder das Hochtal und weitete sich nun balkonartig über einer tief unten liegenden Landschaft aus, über welcher es zu hängen schien. Auf der anderen Seite erhoben sich wieder Berge, aber wie weggeschoben.

Von da aus verlief die Straße wieder ganz gerade und stieß vorne gegen schmale, schräg bedachte Gebäude, die sich da unerwartet auf einmal erhoben. Hier kannte er nun jede Einzelheit, war er doch so oft nachmittags mit den anderen Internatsschülern gegangen, stolz, wenn sie ihm Platz ließen und zu ihm freundlich waren, als wäre er gar nicht er selber, als hätten sie ihn mit einem andren verwechselt. Jeden Tag wurden sie zwei Stunden an die frische Luft geschickt, bei jedem Wetter und in der klirrenden Kälte des Herbstes freute man sich auf die Wärme des Hauses, auf das Sitzen, auf den warmen Malzkaffee, auf das Oval der mit ein wenig Marmelade überschabten Scheibe Brot.

Seitdem er auf dem Bauernhof war und so viel Speck und Bratkartoffeln aß, hatte er seinen steten Hunger vergessen, der den Mund aushöhlt, den Körper luftig und schwindlig werden läßt, den man nicht mehr fühlt, der nur noch zieht: Teller, genauestens im Kopf abgebildet mit der Eierspeise darauf auf der rechten Tellerseite, leicht aufgehäuft, mit Blasen im braun angelaufenen Omelettrücken und am Gaumen das Zergehen der weich widerstehenden Masse. Hunger machte den Blick scharf, der alles Eßbare durch jedes noch so verstaubte Fenster sofort ausfindig gemacht hätte, jeden da hängenden Schinken, geräuchert für den Winter in der Kaminöffnung; davon konnte man sich blaßrote Scheiben abschneiden, die um die Messerschneide herum zurückfielen.

Er kam jetzt dem Internat immer näher. Vielleicht würde er einigen seiner früheren Mitschüler begegnen. Als er mit seinem Bruder geflohen war, waren noch acht andere dagewesen, die ihre Eltern da abgestellt hatten, wie in einem Unterstand, die dann gewartet hatten, daß man sie abhole. Vielleicht würden sie ins Internat zurücklaufen und der Anstaltsleiterin melden, er sei wieder da und dabei würden sich ihre Stimmen überschlagen. Je näher er ans Heim herankam, desto mehr fühlte er, wie unerwünscht seine Ankunft sein würde. Man hatte ihn vergessen, abgeschrieben oder vermeinte ihn in Sicherheit.

Auf der Bergseite der Straße lag die Holzbude, wo man ihm vor dem Krieg Schier gemietet hatte. Die Tür stand offen, ein schwarzes Rechteck. Mit steifen Beinen ging er daran vorbei, als ob man seit Monaten noch auf der Suche nach seiner Wichtigkeit sein könnte. Die Leiterin des Internats hatte recht gehabt, ihm immer wieder seine Überheblichkeit vorzuwerfen.

Das auf einer Straßenseite hellere Licht kündigte die Kurve an, nach welcher es wieder eine andere Aussicht geben würde. Es standen mitten am Abhang zwei zugesperrte Hotels sich gegenüber, das eine am oberen Straßenrand mit vorspringendem Erdgeschoß, das die Straße wie eine Kommandobrücke überragte, unter den hohen Wolken. Das andere lag unterhalb der Straße, man meinte mit der Hand dem Dachsims entlang fahren zu können. Als Sommergast hätte er den Lederkoffer, mit den schwarzen Initialen des Großvaters auf dem Deckel schwarz eingebrannt, die der darüber streichende Finger ablas, mitnehmen können.

Er kannte jetzt alles bis auf die Gitterpfosten und Stufen der Eingänge. Es stand ihm schon fast das Internat im Körper. Unter dem höher gelegenen Hotel lief in Kellerhöhe eine Holzgalerie, zu welcher ins Gras geschlagene Holzstufen herunterführten, er ließ sich hineingleiten und versteckte sich hinter die viereckigen Zementträger.

Er krümmte sich wie damals, als er sich vor der Kälte zu schützen suchte, wenn man ihn im Winter zur Strafe draußen ließ und er auf dem Zugangsweg zum Internat eine Stunde lang auf und ab laufen mußte und immer wieder auf dem Glatteis ausrutschte. Wenn er oben am Straßenrand wieder kehrt machte, stand da die dreieckige Front des Internats, reglos, bretterverschalt. Davor der Windfang, ein kleines Häuschen für sich, wo er sich so oft hatte warten lassen, wenn er sich im Sommer zum Bestraftwerden, die von ihm selbst gepflückten Ruten entgegentrug. So wünschte er sich immer im Winter die Sommerstrafen herbei und im Sommer umgekehrt.

Auf der Straße über ihm blieb alles leer, von weitem war wie immer Kuhglockengeläute zu hören. Es erhob sich in der Landschaftsweite von überall her. Irgendwo fing eine Kuh zu laufen an und überbimmelte das ganze Glockengeräusch.

Einige Schritte noch und er würde das riesiege Scheiteldach des Heims aus der Leere in Straßenhöhe herausragen sehen: die braun angestrichenen beiden Balkons übereinander, das helle Wellblechdach. Es war, als sähe man schon Bekanntes aus der Nähe heraus. Bilder schnellten ihm durch den Kopf. Er hatte nichts vergessen, es war ihm, als sei er gerade vor einigen Stunden weggegangen: die Lichtunterschiede von einem Raum zum anderen: im Repetierzimmer war es dunkler als im Schlafsaal. Aber überall, da das Heim turmartig in den Himmel hineinstand, gab es diese weite seehohe Helle. Es kam ihm das Blenden des Winters wieder in den Sinn, zur Ablenkung vielleicht. Kaltes, regloses Licht leuchtete in die Räume hinein, die Gegenstände wurden schattenlos überdeutlich und die Nachbarhäuser standen nachtdunkel aus dem Schnee heraus. Es kam ihm die Erinnerung auf einmal an die Tage, wo er mit vor Kälte gelähmten Fingern nicht einmal die Haustür aufmachen konnte, wo es weh tat, wenn man die eine Hand mit der anderen warm halten wollte, wo die Kälte in den Brustkorb hineinstieß, wo sogar heulen anstrengte. Ab und zu wurde nach ihm Ausschau gehalten, ob er noch, wie befohlen, gegen die Kälte auf und ab ging. Dabei stellte er sich vor Kälte selber Beine und fühlte sich nicht mehr auftreten und doch lag vor ihm das tiefe Rot des Abendhimmels von dunklen Wolkenstreifen durchzogen. Solche Strafen wünschte er sich jetzt wieder herbei; sie hätten ihn geschützt.

Es hatte aber in der Kälte etwas Starkes, fast Begeisterndes gegeben, wie von Bildern, die noch kommen würden, von Städten im Abend mit hohen, fensterdurchbrochenen Türmen vor dem hohen Rotgold des Himmels. Es kam ihm wieder das hohe blaue Licht des Weihnachtstages im Jahr davor in den Sinn. Nach vielen Tagen Schneegestöber war es ein durchsonnter, erwartungsvoller Morgen gewesen, wo die glitzernd weißen Schneestreifen die Linien der Zweige vor dem Himmelsblau nachzogen. Zu Weihnachten war das Internat sogar geheizt worden. Die ganze Adventszeit war er nicht mehr bestraft worden. Als Geschenk hatte er ein kartoniertes Schulheft bekommen und es hatte vielleicht seinetwegen, man wollte ihm eine kleine Freude machen, Nudelauflauf gegeben. Man hatte sich dazu vielleicht die Rationen aufgespart, drei große Formen für nur acht Schüler. Er hatte es käsebraun überbakken vor sich gehabt und hatte gemampft, um sich nicht plötzlich erinnern zu brauchen, und man hatte ihm seine Verfressenheit vorgeworfen. Alle Geräusche waren in ihm wieder hochgekommen, als die Formen auf die metallenen Untersätze geglitten waren. Es war ihm alles von damals wieder in den Sinn gekommen: das Scharren der Füße auf den großen Fliesen der Küche, das dumpfe Zuschlagen einer Tür irgendwo im Haus, das Rauschen der winterlichen Bäume im Garten, das Aufklappen des Gasherds und das hölzerne Rollen des Nudelholzes, wenn es vom breitgewalzten Teig auf das Brett traf und wie der Teig immer breiter und dünner wurde, und es durchzuckte den Körper, wenn man die blecherne Ausstechform nehmen durfte und im Teig die eigenen selbstgestochenen Sterne erblickte. Man durfte sie auch noch mit dem kleinen Rad berillen, um sie nachher wiederzuerkennen.

Die eigens ausgeschnittenen Sternchen wurden dann auf die blankgescheuerte Ofenplatte gelegt und mit zugeschnürter Brust wartete man, ob man sie erkennen würde; braungebrannt, hart, hie und da von Glasur überzogen. Auf dem Naschteller aus gewellter farbiger Pappe erkannte man sie unter den anderen Plätzchen sofort.

Den ganzen sonnendurchfluteten, vor Schneeglanz schimmernden Weihnachtstag im Internat hatte er versucht, die Weihnachten zu Hause abzudrängen, sie wegzustemmen: aber immer wieder waren ihm Gerüche, Seidenpapiergeräusche und das leise Klicken der Eisenbahnwagen beim Aufstellen auf die kleinen Blechschienen ins Gedächtnis gekommen; das ein wenig dumpfe, dunkel-helle Licht der Kerzen am Tannenbaum, und wie das Auge sofort die rosaroten oder weißen Zuckerkringel heraussieht. Das erste Anfassen der Geschenke, wie sich die Hand einübt, wie der erste Blick sie schon ins Spiel einordnet und wie man sich bis ins Rückgrat schämt, daß man von einem Geschenk enttäuscht ist, daß man sich doch das kleine Märklinauto grün und nicht blau gewünscht hatte. So sehr schämt man sich, daß man das eigene Stehen da vor allen anderen fühlt. Im dunklen Arbeitszimmer des Vaters steht man dann mit ihm zusammen vor dem offenen Fenster und atmet die Winterluft ein, im nächsten Zimmer links steht der Weihnachtsbaum in der duftenden Wärme der Kerzen und man steht selber mit in der Pikkelhaube aus Pappe neben dem Vater, der nach Pfeife und Tannenbaum riecht, vor der viereckigen Öffnung des Fensters und hört das leise Rieseln des Schnees, der seicht und unaufhörlich auf die schon weiß nachgezeichneten Äste der Bäume fällt. In sich hat man schon das zukünftige ganze Leben, von dem man nichts weiß, das man aber schon ganz in sich hat. Man weiß es, an jenen Augenblick wird man sich sein ganzes Leben lang erinnern.

Vergeblich versuchte er diese Erinnerungen von sich abzuschütteln, aber es gelang ihm auf einmal nicht. Er ging schneller, erhoffte sich fast eine Strafe, irgend etwas, das ihn von der Erinnerung befreien würde.

VI

Nach den letzten Hängen auf der linken Straßenseite lag die riesige Öffnung balkonartig über dem Tal gehangen, über himmelhoher Leere, so weit, daß der Atem stockte; erst wenn man an die grasbewachsene schmale Böschung zur Straßenseite trat, sah man den herunterstürzenden Abhang, so steil, daß man ihn sofort nicht mehr sah, wenn man einige Schritte vom Straßenrand wieder zurücktrat, dann standen nur noch die schon von der Entfernung leicht überdunsteten Berggipfel hintereinander: spitz oder mit langgezogenen Graten.

Das Dorf überblickte man auch erst, wenn man an den Straßenrand herantrat: dieses Hin-und-Zurück-Spiel hatte er, bevor er weg mußte, sehr oft mit sich selber gespielt. Ganz unten lagen die Dorfhäuser, viele noch mit Satteldach aneinandergereiht, einige auch ganz nach moderner Art aus Zement, viereckig rosarot angestrichen, stadtartig. Ein wenig weiter die große Dorfkirche mit dem sich zweifach überzwiebelnden Turm und der runden überdachten Uhr, die man vom Internat aus doch nicht lesen konnte.

Weit hinter dem Dorf die grünen, von Wegen durchzogenen, baumgesäumten und von Bächen durchschnittenen Abhänge, die sich nach rechts in andere Bergausbuchtungen enthaltende Landschaften verliefen. Darüber hinweg, bogenartig ein vom Gipfel bis ins Tal hinunterreichender, tannenbedeckter Ausläufer des Berges, schulterrund. Jahrelang, wenn er vom Balkon des Internats aus geschaut hatte, wenn er in der Küche Kartoffeln schälte oder Linsen sortierte oder im Repetiersaal über dem Lateinbuch gesessen war, von dem er kein Wort verstand, hatte er jene Bergschulter vor Augen gehabt. Der obere Waldteil war geradlinig von einer Wiese gesäumt. Es hatte ihn gewundert, daß es im »Draußen« so etwas Regelmäßiges, Ausgeschnittenes geben konnte. Und die ganze Zeit auf dem Bauernhof hatte er das alles vergessen.

Er war indessen einige Schritte weitergegangen und ihm gegenüber, unterhalb der Straße, nur mit dem riesigen Wellblechdach über sie hinwegreichend, stand die dreieckige Front des Internats. Er sah auf einmal alles, die offenen Fenster, das Geländer, die Stelle des Balkons, wo man ihn zum Trocknen mit dem vollgepißten Bettuch über dem Kopf ausgestellt hatte. Er stellte sich seine eigene Kopfform unter dem weißgelben Tuchzelt vor, wie sie den damaligen Passanten erschienen war, und nun war er der Passant, den man weit weg, auf dem Bauernhof glaubte, vielleicht schon längst vergessen hatte.

Auf der Holzgalerie erschienen zwei Jungen, die er noch nie gesehen hatte, in kurzen Hosen: Neue bestimmt, die hinzugekommen waren, die nichts von ihm wußten. Sie sprachen miteinander, lehnten sich über das Geländer und verschwanden wieder im Hause, in einen Raum hinein, dessen Einzelheiten er alle kannte und die ihm plötzlich wiederkamen: es gab im Zimmer in der Holzverschalung eine Stelle, wo er wieder einmal, voriges Jahr als Fünfzehnjähriger bestraft, in seiner Verzweiflung mit einem Bleistiftstummel einen Kreis gedreht hatte, unaufhörlich, als könne er darin verschwinden. So lange hatte er die Bleistiftspitze gedreht, daß ein matt glänzender dunkelgrauer Ring davon geblieben war. Er würde ihn sofort wiederfinden und davon wußte er alleine, wie sehr er an diesem Tag gebettelt, geheult, gefleht hatte, wie er gestrampelt, gejammert und sich »gebärdet« hatte. Er wußte vom hohen grauen schattenlosen Licht des Tages, von der plötzlich nach der Strafe, mit vor Tränen verschwommenem Blick entdeckten Bleistiftspitze, die da auf dem Fußboden lag. Auf dem Fußboden hatte er sich herumgewälzt, war hin und her gekollert. Hinter sich hatte er reden gehört, ein Stimmengefälle, das er gut kannte, wenn nach der Strafe Erwachsene und Zeugen einander zulächelten, Witze zogen, sich freudig stellten und erst allmählich zu den gewohnten Bewegungen und Stimmlagen des Alltags zurückfanden: sie meinten amüsiert, beinahe enttäuscht, daß es nun so schlimm doch nicht gewesen sein konnte. Sie warfen ihm wieder einmal sein Ausschlagen, sein Wimmern vor, daß er nie still hielt: »In einem englischen College hätte er es schon lange lernen müssen.«

Nur mit dem kurzen Strafhemd bekleidet hatte er dann die Rutensplitter aufzulesen.

Jedesmal zerging die Rute an ihm und es sausten winzige Reisigstücke durch das Zimmer, sie lagen bis in unerwartet entfernte Winkel, und wenn er sie auf allen vieren, vor Demütigung und Scham heulend, unter dem Tisch oder der Sitzbank auflas, war er fast stolz gewesen, daß an ihm soviel Kraft verbraucht wurde, daß er trotz aller Strafen nie klein beigab. Dabei merkte er kaum, daß ihm das Strafhemd wieder zurückrutschte, wenn er unter die Sitzbank kroch und er den Blikken wieder ausgeliefert war.

Manchmal war es eine ganze Handvoll gewesen, die er dann in den Papierkorb kippte, daß es so viele davon waren, brachte auch die Anstaltsleiterin, die ihn gezüchtigt hatte, zum Lächeln. Er war nur noch das Brennen, das Aufstoßen und sein eigenes Mitleid mit sich selbst.

Man streckte die Hand aus, sie war glatt und flach und es lagen die winzigen Reisigstücke darauf, wie gefällte Baumstämme auf einem Vorplatz und er sah sich winzig klein selber auf dem Handteller gehen, das Holz inspizieren, bevor er es guthieß und in den Abgrund kollern ließ.

Wald kam ihm vor die Augen, Gebirgswald mit lichten, großen Sonnenflecken zwischen der hohen Dunkelheit der Tannen. Es gab immer wieder Pausen, während welchen man sich zwischen die Blaubeerstauden hinsetzen konnte. Man suchte sich eine Stelle aus und ließ die Beine über die kleine Mulde hängen oder auf dem Boden gelegen, ließ man Landschaften an sich vorbeiziehen, die Stauden wurden riesige Bäume, die Kieselsteine darunter verstreute Häuser, die größeren Steine im Gras wurden Felsenwände, dazwischen ließ er gewundene Gebirgsstraßen laufen mit Nadelkurven, die in ferne, am Waldrand verschwindende Länder führten.

Die feinen Birkenzweige, die überall zwischen den Fichten wuchsen, konnte man auch in kleine regelmäßige gleiche Stücke brechen, statt sie immer zu sechs oder sieben nach vorgeschriebener Länge eng zusammenzubinden, wie es ihm befohlen wurde. Er würde sie aufstapeln, den Waldboden mit der Hand zurechtglätten und Holzstapel aufstellen: es wären Baumstämme, die aufeinandergelegt wurden. Stützbalken würde man einrammen. Es fehlte ihm aber dazu der

Lastwagen, um sie auf seinen erdachten Straßen wegzufahren.

Unerwartet, schlagartig setzte das Heimweh ein, knotete ihm die Brust zu, drängte Tränen in die Augen, ein nach innen senkrecht hinunter reichender Schmerz. Ihm zuckte das Anfassen des kleinen Märklinlasters durch den Körper, er hörte das Klicken des Anhängers nach. Die Fußbodenrille war der Bürgersteig gewesen. Mit dem Finger zog er die Kotflügel, die Scheinwerfer nach und die Kühlerhaube dazwischen. Der blauen Wagenplanke entlang lief ein weißes Rautenmuster und wenn man den Laster durch das Zimmer fuhr, wurde einem vor Wirklichkeit fast schwindlig und doch hatte er nicht alles gespielt. Nie hatte er den Lastzug ins andere Zimmer fahren lassen, zwischen den Fingern fühlte er die genaue Länge der Pritsche und der kleinen Birkenzweigstücke nach, wie er sie als Baumstämme aufladen konnte.

Es schnitt ihm den Körper entzwei: er wußte genau, wo im Elternhaus der Lastzug stand, wo er ihn vor der Abfahrt in den Schrank, sorgfältig, in Fahrtrichtung, noch hingestellt hatte, nur bloß ER WAR NICHT MEHR DA! Damals hatte es ihm nicht weh getan, nur er hatte davon gewußt, er müßte weg.

Und jetzt stand er am Internat, man sah in die Dunkelheit der Räume hinein bis zur Holzverschalung, an der er den Bleistiftkreis hingezeichnet hatte, es war ihm, als überflöge er sich selber, als habe er sich hinter sich gelassen und käme zu Besuch. Er stand nun oberhalb des viel kleineren Anbaus, der das Internat verlängerte, er konnte unten am Hauptgelände die drei viereckigen Fenster des Aufenthaltsraums sehen und sogar den Widerschein der rot angestrichenen Balkendecke. Wieder erschienen die Knaben auf dem Balkon. Zwischen den Stäben des Geländers sah er ihre nackten Beine. Es war sommerlich warm und er trug noch die langen marineblauen Schihosen mit der dunklen Schijoppe dazu, nun ununterbrochen schon seit Monaten; erst jetzt spürte er an sich selbst die aufsteigende Morgenhitze und wie er da in seinen schweren Kleidern stand, in einer Kruste eingefangen, die ihm die eigene Form nachbildete, eine Rüstung, in der er stak. Die beiden Knaben erblickten ihn, vielleicht waren sie erstaunt, diesen winterlich angezogenen Jüngling da stehen zu sehen. Unten, im Aufenthaltsraum auf den wohlbekannten dunklen Fliesen huschten einige Formen vorbei, vornübergeneigt an den Fenstern entlang.

Die Anstaltsleiterin hatte ihn sehr gut auf Himmelgrund am Straßenrand sehen können und er trat zurück auf die andere Straßenseite, er fürchtete sich, sie könnte wieder strafen, eine plötzliche kleine runde, genaue Angst, die sich über die andere stumpfe, ihm den Körper zementierende stülpte. Die beiden Ängste unterschieden sich deutlich voneinander, die kleine Angst vor dem Linealknien, den Ohrfeigen oder den eiskalten Duschen und besonders vor den scharfen Rutenzüchtigungen, alle die Strafen, an die er im Bauernhof kein einziges Mal gedacht hatte, kamen ihm nun wie eine Erlösung vor. Es war immer eine schüttere, leichte Angst gewesen: nach der Strafe würde alles wieder einsetzen, nur in der Erinnerung war etwas dazugekommen. Die andere Angst aber vor dem Abgeholtwerden war schwer, sie lag im ganzen Körper, engte ihn ein: Dunkles, Niedriges würde ihn erdrücken, von innen fraß sie ihm den Leib auf.

Damals, als er noch im Internat gelebt hatte, wußte er nicht, wenn er sich freitags unter der Rute wand, unter sich selber die nackten Schenkel strampeln sah und sich aufheulen und flehen hörte, daß er sich einmal so sehr danach sehnen würde.

Er stand da oberhalb des Wellblechdaches des Heims und hinter der Kurve warteten vielleicht die Deutschen oder die Miliz. Er würde sterben, sehr weit im Osten in unendlichen Ebenen unter grauem Himmel. Die Gedanken und Bilder schnellten ihm durch den Kopf. Im Internat wußte jetzt niemand, daß der Bauer ihn nicht mehr haben wollte, seinetwegen hatte er gemeint, wolle er nicht erschossen werden. Die Anstaltsleiterin würde glauben, er habe sich schlecht benommen. Das Dach des Heims blinkte unter der Morgensonne. Hinter dem Felsenvorsprung bog die Straße so scharf ein, daß man bei jedem Schritt von vorne überrascht werden konnte. Er schloß die Augen und ging. Als er sie wieder öffnete, war alles leer, der Asphalt lag glatt und grau, im leisen Sonnenwind bewegten sich die Grashalme am Straßenrand. Dahinter fing sofort die Leere an, nur die

Tannenwipfel ragten aus einiger Entfernung daraus empor. An der einzigen Erweiterung der Straße, wo sich die Wagen auf dieser Strecke auch kreuzen konnten, war damals der Spähwagen der Wehrmacht gestanden, der ihn und den Bruder hätte mitnehmen sollen. Er hätte sich im Längsgriff neben dem Hintersitz gehalten, man hätte sie heruntergefahren und unten im anderen Tal in Sallanches in einen Güterzug geladen, er hatte davon gehört: Frauen, Greise, Kinder wurden des Nachts durch Bahnhöfe gefahren, wenn die Züge zufällig hielten, hörte man Gescharre darinnen. Sogar der Tierarzt hatte davon wie zufällig im Bauernhof erzählt.

Zum Greifen nahe stand ihm noch der Wagen da, mit Nummernschild und den Buchstaben WH, mit auf die Kühlerhaube heruntergelassener Schutzscheibe. Er hatte alles mitphotographiert und trug nun die Aufnahme in sich samt Wetter, Beleuchtung und Tageszeit.

Die Stille der Straße – niemand fuhr, niemand ging – löste ihm ein wenig die Glieder. Am liebsten hätte er über sich selbst gelacht, über seine Anmaßung einmal mehr bei der

Vermutung, man könne ihm nachsetzen und doch ging er die ganze Fläche ab, wo der Wagen gestanden hatte, von der Stoßstange über den Motor und Kühlerhaube bis zu den hinteren Sitzen, wo die beiden behelmten Soldaten gesessen und über ihn geredet hatten, als er an ihnen vorbeigegangen war und gemeint hatten, er sähe wie ein junger Deutscher aus, daß es so etwas in Frankreich gebe.

Er trampelte im Sonnenschein herum, als wolle er das Wagenbild mit den deutschen Soldaten, das er noch in sich sitzen hatte, in den Boden wegstampfen.

So hatte er auch früher – die Bewegung wurde auf einmal zur Erinnerung – versucht in den Schatten zu treten, den der Vater unter der Straßenlaterne warf. Vom Kremphut bis zu den Beinen versuchte er in ihn hineinzutreten, wobei er sich am Vater festhalten mußte, der sich leicht abwendend zum Spaß seinen Schritten auswich. Es war eine Erinnerung wieder, die ihn anfiel, gerade jetzt, als er vogelfrei dastand: weggeschickt und nicht angekommen. Es stach eine neue Angst zusätzlich in ihn hinein: vielleicht würde man ihn gar nicht wieder annehmen und er würde keine Unterkunft finden.

An der Erweiterung der Straße fing auch der kleine Weg an, der zum Internat hinunterführte. Balkonartig hing die Straße an dieser Stelle über dem Abhang, man hatte nicht bis an den Rand asphaltiert, der ausgeschlagene Felsen mündete ohne Übergang in den Straßenbelag, dann aber bedeckte ihn angewehter Sand und Erde, aus der Moos und langstielige Gräser herauswuchsen. Der Weg stieß auf die braunverschalte dachüberscheitelte Fassade des Hauses, die fast nur aus einem riesigen durchfensterten Giebelfeld bestand mit dem, wie angewachsenen spielzeughaften Windfang davor.

Er stand jetzt da, wo der deutsche Offizier, der ihn abholen gekommen war, ihn übersehen hatte, absichtlich vielleicht. Der Weg führte von ihm herunter und er sah ihn genau wie ihn damals der Offizier gesehen hatte, und er stellte sich vor, wie er wohl ausgesehen hätte, schlaksig, kaum noch richtig im Mantel sitzend mit ungelenken Schritten und baumelnden Armen heraufkommend. Er wunderte sich, daß ihn der Offizier kurz angeschaut hatte, ohne ihn zu erkennen, daß er ihm nicht sofort das Böse aus den Augen herausgelesen hatte, daß er fehl am Platze war und abgeschafft gehörte, er mußte doch wissen, daß er abends im Bett mit sich selber spielte und daß man ihn deshalb so oft mit der Rute strafen mußte.

Bei diesem wieder in ihm aufsteigenden Gedanken schüttelte er sich vor Ekel. Unter ihm zur rechten Seite lag das so bekannte Wäldchen, wo er immer hinuntergeschickt wurde, sich das passende Gezweige brechen für die eigene Strafe. Dabei war es so steil, daß man sich bei jedem Schritt abstemmen mußte, und gerade jetzt sprang ihn alles wieder an: die Bilder, die Geräusche, das Rollen der Steinchen unter seinen dicken Stiefeln, er hatte sonst keine anderen und man hatte ihm Holzsohlen angesetzt, angenagelte, es gab kein Leder mehr und für ihn wollte man doch nicht schwarz kaufen, dazu war er doch nicht gut genug. Die Schuhe mußte er dann ausziehen; das Sirren der Schuhbänder: kaum hörbar. Man wurde im Baderaum bestraft und hörte das Trampeln der eigenen nackten Füße noch auf den Fliesen nach, das Aufschnallen des Gürtels, das leise Gleiten der Kleidungsstücke, das Herabstreifen der Hose, das Klicken der Knöpfe gegen den Holzhokker, das eigene gespenstisch widerliche Geplärre, das Stimmengewirr um sich herum, aber dann wieder im Dachstuhl den Wind, der Fernen und zukünftige Landschaften herantrug. Er hörte alles nach, das Einklinken von Türen oder auch verhaltenes Hecheln im Schlafsaal oder kurzes Aufschreien, das Heranziehen der Bänke im Repetierzimmer des Internats oder auf dem Dachboden das Flüstern der größeren Mitschüler, das Rutschen, wenn sie ihn heranbogen und er es geschehen ließ und stolz war, daß sie sich an ihm erregten. Sie waren dann auch lieb zu ihm und ließen ihn gewähren, wenn er das Gesicht zwischen ihren warmen, weichen Schenkeln vergrub. Oder das Ineinanderstapeln der Gläser aus DURALEX, der Name war in den Boden in kleinen Reliefbuchstaben gegossen, die Gläser bildeten ineinander gestapelt sich oben leicht einbiegende Säulen, die man vor sich zwischen den Händen halten und wie ein Geröhre wegtragen konnte und tatsächlich gingen sie nicht kaputt, wenn sie auf den Boden fielen. Oder die lackierten Blechteller, er hörte sie, wie sie aufeinanderglitten beim Abräumen; ein dumpfes, hohles Geräusch, sie bildeten auch jeder den vorigen wiederholend dicke blaufarbige Säulen, die man sich immer höher wünschte: vielleicht würde man ihn dann beim Heraustragen bewundern.

Er stand da und genau wie der deutsche Offizier schaute er in die Richtung, aus der er gekommen war, als erwarte er sich selber. Seit dem Tag, als sie ihn abholen kamen, war er den kleinen Weg zum Heim hinunter nicht mehr gegangen. Nichts hatte sich geändert, nur daß ein einförmiges, schattenloses Licht geherrscht hatte. Er war wie körperlos geblieben. Er hatte seinen eigenen Körper vergessen. Im Bauernhof wusch er sich in der Küche, wenn Eltern und Töchter sich in den gemeinsamen Wohnraum zurückgezogen hatten, in einer Holzkufe gestanden, mit Wasser, das auf dem Herd in einem Kessel warm gemacht wurde. Er stülpte sich das Nachthemd über, um den eigenen Körper nicht mehr zu sehen und wusch sich darunter mit einem Lappen.

Jetzt, angesichts des Heims, fühlte er sie wieder in sich aufsteigen, er konnte sie noch so sehr von sich abstoßen, die Bilder waren wieder da, nicht die frommen Märtyrerbilder, hinter denen er sich in Schutz und unschuldig vermeinen konnte, sondern andere, die ihn immer wieder überraschten.

Das Zimmer mit den beiden jetzt offenstehenden Fensterläden ganz oben unter dem Giebel, wo er so oft eingeschlossen worden war und sich hinter den verriegelten Fensterläden den Hochsommer angehört hatte, das leise Rauschen vor dem Haus; die Lichtritzen, die hellgrün oder hochblau hineinleuchteten. Ganz oben das kleinere Fenster. Auch daran hatte er die ganze Zeit nicht gedacht, an den hellen Schimmer im Zimmer. Zur Strafe wurde er bei Brot und Wasser da eingesperrt im länglichen Zimmer, wo nur das Bett stand.

Jedesmal hatte es ihm um das Draußen leid getan, das er verpaßte, dafür gab es den Wind, der in die Krone der riesigen Ulme griff, die vor der Hausfassade wuchs. Sie war so groß, daß es wie eine grüne Kuppe aussah in Augenhöhe, die eine ganze Gegend zu überdekken schien. Jeden Tag, morgens und abends, wurde er zur Strafe noch dazu kalt abgeduscht und konnte dabei kaum noch zu Atem kommen. Nach zwei Tagen durfte er dann wieder zu den anderen zurück; beim Öffnen der Fensterläden überflutete ihn die Helle über dem Laubdach, das sich nach unten verzweigte und in der Tiefe ein kurzleibiger Stamm wurde.

Jedesmal mußte er sich in die Tageshelle einleben, es war wie eine Reise in eine plötzliche Tageszeit, in Beleuchtungen hinein, in die er sich erst einmal einrichten mußte, ein sonnenhohes oder regendunkles Licht mit großen Schatten auf den Abhängen. Die Berge am Tal lagen jedesmal anders, dunkler oder heller mit dicht gezogenen oder undeutlichen Gratlinien.

Ein weiteres Stück Weges war er jetzt heruntergegangen und konnte die Wipfel der Birken sehen, an die man ihn einige Monate früher geschickt hatte, die Birkenruten abbrechen, die man für ihn brauchte. Die Bäume unterschied er von oben, die oberen, an denen die Zweige so tief herunterhingen, daß man sie sich in Gesichtshöhe aussuchen konnte. An die unteren kam man schwerer heran. Die letzte Zeit im Heim hatte er in der leichten Furcht gelebt, die erreichbaren Zweige würden ihm ausgehen und er müßte auf die andere Seite der Straße, zu einem entfernteren Wäldchen. Die Passanten würden ihn fragen, gutmütig und listig zugleich, was er denn so verborgen unter Pulli und Joppe trage, ob es denn nicht Gestohlenes wäre. Abermals wäre Mordlust in ihm aufgestiegen.

Er stand jetzt im winzigen Tunnel des Windfangs wie damals und wie damals LIESS ER SICH WARTEN, wie ihn auch die Direktorin vorher und dazwischen immer hatte warten lassen. Er sah sie vor sich in ihrem grauen gestreiften Rock und der dazu passenden Weste, in der Mitte öffnete sich wie ein Dreieck mit der Spitze nach unten die helle Bluse. Manchmal trug sie sie ein wenig aufgeknöpft und durch die Tränen hindurch sah er den Ansatz der Brüste, wenn sie sich zu ihm hinunterbeugte, um ihn in die richtige Strafstellung zu weisen oder ihm die Hose abstreifte, um die Demütigung noch zu vergrößern. Auch das hatte ihn immer verwirrt, jene weißlichrosa Formen, die nach unten in ihrem eigenen Schatten verliefen. Er schaute jedesmal weg, aber zu spät, und es war ein zusätzlicher Grund zur Strafe.

Wie gerne hätte er jetzt gewartet, daß er sich hineinlasse in der Erwartung seines Selbstbildes, wie er beteuern, wimmern, flehen würde mit festgebundenen Handgelenken, um sich selbst herumkollern würde, auf dem Teppich im Angesicht der anwesenden Zeugen. Einmal sogar hatte er ihnen seine abgelegten Kleidungsstücke ins Gesicht geschleudert. Man hatte überrascht von ihm abgelassen. Das wäre die Erlösung gewesen und jetzt waren sie, die ihn suchten, vielleicht schon auf der Lauer nach ihm im so friedlich dastehenden Heim – bei diesem plötzlichen Einfall schrie er laut auf – und warteten schon hinter der Tür des kleinen Windfangs.

VII

Im Windfang, schachtelartig klein, konnte man, in der Mitte stehend, mit ausgebreiteten Armen die beiden Seiten zugleich berühren. Aus Brettern gezimmert enthielt er eine Bank. Die Öffnung war der Tür nachgeschnitten worden, als solle man von draußen schon wissen, wie die Tür aussah, daß sie rundbogenartig ausgespart war.

Die Klinke aus geschnörkeltem, schwarz angestrichenem Gußeisen ragte aus der Holztäfelung heraus, an sich selbst eingeknickt. Auf der anderen Seite ragte dann dasselbe wieder hervor, griffbereit von sich selber aus dem Türholz herausgehalten: jedes Brett der Tür kannte er, er wußte von jedem Knoten im Holz. Sie stand da senkrecht vor ihm. Dahinter fing der Innenbereich an. So oft hatte er vor der Tür stehen müssen, ausgestellt, im strengen Gebirgswinter, ohne Fäustlinge oder Handschuhe: die Kälte schmerzte, als biege sie ihm die Finger nach innen. Man ließ ihn manchmal »zum Abkühlen« – vor Kälte zusammengekrümmt – eine Stunde lang draußen stehen. Vom Frost waren die Steinchen des Weges angeheftet, die Finger blieben am Metall kleben, wenn man welches berührte. Es kam vor, daß man ihn vergaß, er klingelte dann mit dem Ellbogen, die Finger waren ihm dazu zu schwach geworden, bis jemand doch schließlich kam. Zur Strafe, daß man ihn vergessen hatte, ließ man ihn noch einmal eine halbe Stunde stehen und der Frost biß sich in ihn hinein, ein flacher Schmerz, der bis in den Kopf hineindrang. Wieder hineingelassen, konnte er nur noch mit vor ihm hinunterbaumelnden Händen, so glaubte er, sein Elend zu zeigen, vor sich hin schniefen. Er konnte lange Zeit nicht mehr den Federhalter zwischen den Fingern halten und ihm wurde gesagt, er stelle sich bloß an.

Im Heim waren nur noch sieben, acht Mitschüler und man setzte sich zu Tisch unter den drei großen Fenstern. Rüben, Karotten, Tomaten gab es zu essen, manchmal Erdäpfel und Linsen, Fleisch schon lange nicht mehr und Kartoffeln waren eine Seltenheit geworden im besetzten Frankreich und die Eltern zahlten nicht genug, damit man auf dem Schwarzmarkt kaufen könne.

Im Dünnschälen war er besonders geschickt geworden: man band ihm eine Schürze um und schüttete ihm die Kartoffeln auf eine alte Zeitung auf den Tisch. Sie kamen von woanders her, aus der Ebene, hieß es, aus Bourg-en-Bresse, und er ließ die braun-gelben Erdkrümel zwischen den Fingern rieseln und versuchte sich vorzustellen, wo sie gewachsen waren. Er machte besonders dünne Schalen und bohrte mit der Messerspitze die schwarzen Augen aus, ohne die Frucht anzuschneiden. Die Schalen zackten herunter und er spielte damit Gebirgsstraße.

Auf dem saubergeschabten Küchentisch mußte er auch stundenlang Linsen sortieren: ganze Armeen breiteten sich vor ihm auf dem Tisch aus, deren Soldaten er dann hinunterstieß in die Schüssel auf seinen Knien, ganze Regimenter stieß er so vom Tarpeianischen Felsen herunter, die Steinchen wurden allmählich zu einem kleinen Haufen; über deren Schicksal wurde dann am Ende entschieden.

Ununterbrochen zog es ihm am Gaumen

vor Hunger, vor Schwäche mußte er sich manchmal an den Möbeln festhalten. Einige der seltenen, noch anwesenden Schüler bekamen Futterpakete von zu Hause und ihm wurde beinahe übel, wenn er sie die Haut der Trockenwurst abziehen hörte. Da sie sich doch schämten, vor diesem hageren Jungen zu essen, gaben sie ihm ab und zu etwas ab und er fühlte Geschmäcke aus einer anderen Welt, die er kaum noch kannte. Bevor er zum Bauern kam, um da verborgen zu werden, hatte er an nichts anderes mehr als an Essen gedacht. In ihm war ein Hohlraum, eine Laffheit. Seinen Mitschülern machte er Vorschläge, wollte ihr Diener sein – ihnen etwas tragen, es gab aber nichts, das er ihnen tragen konnte –, damit sie ihm auch von den Mahlzeiten etwas abgaben und wenn es ausnahmsweise Nudeln gab – seine Leibspeise –, aber grauweiße, wässerige mit ein wenig Margarine – genügte es ihm, einen Zuschlag an Nudeln anzubieten, und er putzte einem die Schuhe, machte die Betten, räumte die Siebensachen auf und vor allem ließ er sich auf den Dachboden führen und mit sich geschehen, was man wollte ..., er ließ sich entkleiden, von Wärme umschließen, man zog ihn heran; es war wie im Traum: als könne er im Leib des anderen verschwinden, der ihn gegen seine Leisten, an sein Geschlecht drückte.

Immer wieder, während all dieser Jahre war er durch diese Tür gegangen. Wenn man sich umdrehte, bevor man die Klinke drückte, erlebte man alles wieder: die balkonartige Hochebene, den Tannenwald: die Felsenplatten, wo er gespielt hatte, das hohe Gras, in dem er sich den Urwald vorgestellt hatte. Und nun hatte er wieder den Finger auf dem gelblichen, von schwarzen Rissen durchzogenen Klingelknopf und plötzlich kam ihm Vauvray wieder vor Augen, auch diese Seite des Gebirges hatte er während der Zeit auf dem Bauernhof vergessen; die Spaziergänge (im Pensionspreis inbegriffen) wurden jeden Tag gewechselt, an einem Tag in eine Richtung, am nächsten in die entgegengesetzte. Nach Vauvray hin stieß die zuerst zwischen Tannen und Felsen eingeschlossene Straße auf einmal auf eine leicht ausgehöhlte, das Tal überhängende Hochebene, da schickte man sie hin, im da liegenden Wäldchen spielten sie Räuber und Gendarmen und er war immer der ertappte Räuber, den man an einen Baum band. Er hatte dann keine Zeit, die Bilder wieder an sich heranzulassen: die verräterischen Heimatbilder mit der Mutter, als wären sie auf der Lauer, um ihn dann anzuspringen.

Zum Glück aber gab es die Strafen, alleine mit ihrer Hilfe konnte er die Eltern vergessen, um nur noch an seine eigenen Schmerzen zu denken. Er wurde nie sofort bestraft, als wolle man ihm helfen, als wüßte man: lange ließ man ihn warten und die Zeit stand in ihm wie ein Zementblock, der leise abbröckelte; jeden Grashalm, jede Himmelsflucht zwischen den Bäumen fixierte er sich. Von Vauvray zurück ging man in Richtung Westen, zur sinkenden Sonne hin und vor ihm, es gab in ihm nichts anderes, das war der Ausweg, stand schon die Strafe, von der er alles wußte: das Zurechtrükken des Hockers, die Stimmen um ihn herum, sonderbar belegt, das Sirren der Gerte, sein verlogenes, demütiges Heulen und wie ihm dann das glatte rundliche Holz zum Küssen vor die Lippen gehalten wurde und er sich bedankte, Besserung versprach und am gleichen Abend noch demselben Laster verfiel. Während des Rückweges fühlte man die Erwartungsschwere in sich lasten und trug den Waldsaum in sich mit, bis man auf einmal ins Halbdunkel trat und es mit sich geschehen ließ. Als wäre es noch damals, klingelte er und hielt dabei den Finger auf dem Klingelknopf, als wolle er sich schneller die Strafe herbeirufen. Aber wieder – und dabei hielt er noch den Finger auf dem Knopf – überfiel ihn die eisige Kälte der Angst, fast hätte er geschrien, sicher, daß oben, am Wegrand schon wieder der Spähwagen der Wehrmacht hielt, ein Offizier und zwei Soldaten, die gerade zum Hinuntergehen ansetzten und ihn diesmal mitnehmen würden, er hörte schon, wie die eigenen Schuhspitzen hinter ihm herschleiften, während er fortgezogen wurde. Oder sie waren doch schon da, warteten im Dunkeln hinter der Tür mit vorgestreckten Maschinenpistolen. Neben der holzbraunen Verschalung der Tür erschien ein dunkler senkrechter Strich, der immer breiter wurde und sich oben abrundete, bis das Dunkel genau die Form der Tür angenommen hatte. Es erschien die Gestalt eines größeren Jungen in der Türmitte, in kurzen Hosen, mit nackten Schenkeln, den er noch nie gesehen hatte, der da vor ihm stand und den es schon die ganze Zeit gegeben hatte, ohne daß man davon gewußt hätte. Schon kam die Anstaltsleiterin hinter ihm her, er hatte sie auch sofort erkannt, mit jedem ihrer Gesichtszüge, der gelblichen Haut, den leicht hervorstehenden dicken Augen mit dem blauen, scharfen Blick, den schwarzen, zu beiden Seiten des Gesichts herunterhängenden Haaren, als hätte er sie gerade verlassen: ihm dröhnte der Kopf von den schallenden Ohrfeigen, sie zog ihn an den Haaren hoch von der Bank und schüttelte ihm den Kopf. Im Bauernhof hatte er es verlernt, den Ellbogen zum Schutz vorzuhalten: es war alles wieder da. Das Dröhnen im Kopf, es war ihm, als trockne er sich die Augen; die Truhe, das Grau des Nachmittags, seine Hose um die Knöchel, die weiße, darüber umgekrempelte Unterhose, die ihm zitternden Beine, die Worte, die er hörte: »Und nun gehen Sie sich die Augen waschen und stellen Sie sich nicht so an, ich will nichts mehr hören.« Immer jenes kalte »Sie« dabei, als kenne man ihn nicht.

»Ja, wie kommen Sie denn hierher, es ist doch lebensgefährlich, man hatte es Ihnen doch ausdrücklich verboten. Ja, stellen Sie sich denn überhaupt vor.« Und sich zum anderen Jungen wendend, der dastand, so wie er war, wie er schon für so viele andere ausgesehen hatte, die ihn kannten, als wolle sie die Aufmerksamkeit von ihm ablenken, als wäre er nicht da.

– »Sie haben hier nicht die Tür zu öffnen. Das geht Sie nichts an. Dafür werde ich Sie noch strafen.« Der wurde also auch gesiezt.

Sie zeigte mit der Hand, er solle ihr folgen, während der andere Junge gesenkten Hauptes schon hinunterging. Es war alles wie immer, nach einigen Schritten wurde das Treppenhaus immer dunkler, ganz unten neben dem Treppenansatz, die kleine Tür mit den Doppelflügeln, die man zum Keller hinunter aufstoßen mußte. Im dunklen Vorraum stand ein Hocker in der Ecke. Dann auf einmal die blendende Helle des Aufenthaltsraums: die großen schwarzen Fliesen, die rot gestrichene Balkendecke: es war hell, bergisch und sauber. Sie gingen durch den Saal, am Tisch mit den Bänken entlang, wo er so oft gesessen war.

Das Geräusch der langen, zusammenklappbaren Türwand, vierteilig, auf halber Höhe mit geriffelter Verglasung, er kannte das so gut. Öffnete man das Ganze, schob man die Teile beiderseitig zusammen und aus dem »Büro« der Direktorin wurde plötzlich ein verlängerter Saal. Die Türwand war aber zu. Wenn jemand im Büro war, sah man einen verschwommenen Farbschatten, der sich von der Verglasung abhob und immer wieder verfloß, undeutlich wurde, sobald er sich ein wenig entfernte. Den hellen großen Fleck, den dann ein Schüler bildete, der gerade bestraft wurde, sah man immer deutlich, denn es geschah sehr nahe an der Glaswand, damit man von außen sehen könne, zur Verwarnung, hieß es.

Auf einmal stand er wieder auf dem Teppich, weich und zugleich fest war er. Seit Monaten hatte er nicht mehr auf einem Teppich gestanden. Nur im Wohnraum des Bauern hatte es einen hölzernen Fußboden gegeben, sonst war es im Haus überall an der Oberfläche zurechtgeschabter Granit gewesen.

Es stand sich so anders auf dem dicken Orientteppich und er hatte immer nur auf dem Teppich gestanden, wenn er vorgeladen, befragt, ausgehorcht, vernommen, verhört wurde und dabei hatte er seine Füße dumm unter sich selber warten gefühlt.

Er wünschte sich wieder mit nackten Füßen auf demselben Teppich. Er wünschte sich wieder die Direktorin neben sich, im grauen Kostüm mit der doppelten Knopfreihe und dem offenen Schillerkragen, mit dem strengen Blick, den leicht vorgeschobenen, wie ein wenig bitteren Lippen; wie er sich dann über den Hocker zu legen hatte und in Gesichtshöhe ihre Hände sah, die die Rute vor ihrem Schoß hielten, leicht den Stoff des Rockes eindrückend. Der Hocker stand schwarzlakkiert, ein Salonhocker, vierbeinig unter einem Tisch – auf dem flachen Sitz der Schlitz der Öffnung, an der man ihn forttragen konnte. Er fühlte, wie ihm der Hocker am Arm hing: wie oft schon hatte er die Hand hineingetan, um ihn für die eigene Strafe in die Mitte des Teppichs zu tragen. Es hob sich ihm die Brust, in Erwartung des Befehls dazu: es wäre die Erlösung gewesen, Zeichen, daß die Gefahr des Abgeholtwerdens vorüber war: sorgfältig hätte er Hose und Unterhose – sie sollten geschont werden – auf die Stuhllehne gelegt. Wie oft auch wäre er gerne mit der Hand den Beinen des Arbeitstisches der Direktorin entlanggefahren, denn sie waren griechischen Säulen nachgezimmert worden mit sogar richtigen dorischen Kapitellen, wie in den Büchern.

Schulbücher lagen auf dem Tisch, verschiedene durcheinander. Er erkannte sie sofort wieder und alles, was er gelernt hatte und alle Kapitel, die ihn erwarteten, die Entdeckungen, die er doch hätte machen wollen, das schon Durchgeblätterte kam ihm vor Augen: das hellgelbe kartonierte Lateinbuch mit dem Bild aus Herculanum, welches doch die Strafe eines Schülers darstellte; die ganze Zeit im Bauernhof hatte er es von sich weggestoßen, es nicht mehr herangelassen. Wenn es im Blickwinkel durchzuschimmern begann, hatte er es sofort überdeckt mit einem anderen Bild aus dem Alltag im Bauernhof: der helle Ausschnitt eines Baumstamms, das stumpfe Gleiten eines Pferdeschlittens voll warmem Mist auf dem flachgetretenen Schnee. Aber jetzt, unerwartet, durchzuckte es ihn wieder, am leicht ausgerundeten Schnitt des Buches erkannte er genau die

Stelle, wo es war, ein Druck des Fingers hätte genügt, um das Buch an der Seite, wo es stand, aufzublättern. Oder die Vignetten des Geschichtsbuches, waagerechte Rechtecke mit helleuchtenden Farben: Vercingetorix, das Gefäß von Soissons, Karl der Große mit den fleißigen Schülern rechts und den faulen links oder die heilige Genoveva, dic die Arme zum Schutz über Paris ausbreitet und die Hunnen verscheucht, oder der Heilige Ludwig, der unter der Eiche sitzend Recht spricht, oder Jeanne d'Arc auf dem Scheiterhaufen mit der Kathedrale von Rouen im Hintergrund oder der Schwur des »Jeu de Paume« mit den nach innen in den großen Saal wehenden Vorhängen zur Zeit der Französischen Revolution.

Man sah auch Savorgnan de Brazza in der weißen Uniform, der die Sklaven in Afrika loskettet, wie früher Vincent de Paul die Galeerensträflinge, und den Biologen Pasteur, der den kleinen lothringischen Hirten als ersten von der Tollwut rettet.

Ein anderes Buch erkannte er auch sofort am sternförmigen Kaffeefleck auf dem grünlichen Deckel, es waren die »Morceaux choisis«, eine Auslese der französischen Literatur: Kutschen durchfuhren lichte Wälder zu hinter riesigen Rasenflächen gelegenen Schlössern mit Freilufttreppen, auf denen Madame de Sévigné oder der Kardinal de Retz »wandelten«. In ihm entstanden französische Landschaften, die er nie gesehen hatte, mit dem Geruch der Herbstfeuer am Waldrand.

Etwas Beschwingtes, Heiteres, Rapides las sich aus den kurzen Auszügen heraus; bei La Bruyère knackten die Fußböden der Pariser Stadtpaläste und von La Fontaine wußte er sogar schon einige Fabeln auswendig.

Im Geschichtsbuch eines höheren Jahrgangs waren historische Gemälde abgebildet und während der Lernstunden hatte er, neben einem Größeren sitzend, immer wieder dasselbe Bild angeschaut, es war von Eugène Delacroix und hieß »La liberté conduisant le peuple« (Die Freiheit, die das Volk führt): eine Frau mit nacktem Busen, deren Brüste aus dem heruntergerutschten Kleid herausstechen, schwingt die Trikolore und hält ein Gewehr in der anderen Hand, rechts von ihr geht ein kleiner Junge mit einer zu breiten

Mütze, der zwei Pistolen zückt. Links von der Frau geht ein Mann im Zylinder, hager, entschlossen, er trägt auch ein Gewehr, das er schräg vor sich hin hält. Unaufhörlich ging der Blick von den nackten Brüsten der Frau nach unten, wo im Vordergrund des Gemäldes ein Toter leicht im Profil lag, mit ein wenig erhobenen Schenkeln, zwischen denen ein bißchen schwarze Behaarung aufbauschte; sein Blick war schuldig gewesen, es hatte ihn jedesmal vor Ekel geschüttelt und er hatte sich gewünscht, nie erwachsen zu werden und doch hatte er immer wieder hingeschaut.

Die Stimme der Anstaltsleiterin ließ es in ihm wieder klobig werden, als trüge er jemanden in sich mit.

Der Bauer wollte ihn nicht mehr haben, eine plötzliche panische Angst, er könne seinetwegen erschossen werden, hatte ihn erfaßt. Im länglichen Zimmer war er in Hosenträgern unter der niedrigen Balkendecke auf- und abgegangen und hatte immer wiederholt: »Dich kann ich nicht hierbehalten, es ist zu gefährlich.«

Er hörte sich mit belegter, weinerlicher Stimme immer wieder dasselbe sagen, während er die Schulbücher auf dem Tisch beneidete, daß sie so ruhig, unbeweglich, unbekümmert daliegen konnten.

Vielleicht würde die Köchin ihn unter ihrem Bette verstecken können, wie sie es einmal vorgeschlagen hatte, als die Deutschen schon im Dorf waren und Ausschau nach den versteckten Juden hielten, er sah sich in der niedrigen Raumspalte liegen, mit der Bettbedachung über ihm und dem Gestänge des Matratzenrahmens, wie die Gleise eines nächtlichen Bahnhofs. Lichterketten glänzten sogar in der Ferne, wie bei den abendlichen Fahrten, wenn man im grell beleuchteten Kubus des Abteils sitzend das vertraute Haus erwartete. In der Ferne würden die blanken Stiefelspitzen glänzen, plötzlich verschwinden und senkrecht stünden dann die Hacken vor einem wie dunkle Gebäude.

Alles war wie sonst, die kubische Zimmerung umschloß das helle einförmige Licht und draußen der fast weiße Sonnenschein, das Flimmern der aufsteigenden Hitze vor den Abhängen, deren Grün leicht umdunstet war und trotzdem deutlich; alles war wie sonst, nur daß man abgeholt werden sollte und sich wieder wünschte, man wäre ein anderer, der nicht schuldig wäre und der nicht wie auf sich selbst geschraubt, wie in seine eigene Form gegossen dastand. Vor sich hatte er alle Einzelheiten des Gesichts der Anstaltsleiterin: zwischen den Hautporen waren glatte Übergänge von Hautstelle zu Hautstelle, die Lippen setzten ohne Übergang auf einmal an; die Nase wuchs auf einmal aus dem Gesicht heraus und nun standen sie sich gegenüber, sahen sich an. Plötzlich griff sie zum Telefon, welches auch dabei mitstand, mitwartete, auf sich selber aufgestielt. Auch wenn er vorgeladen wurde, stand es da mit. Auf dem dumpfschwarzen Sockel war ein kleines Schild angenietet mit metallenen Buchstaben: PROPRIÉTÉ DE L'ÉTAT (Staatsbesitz). Einmal, vielleicht um der Strafe zu entgehen, hatte er sich mit hoher Knabenstimme anzubiedern versucht, zeigen wollen, daß er ihr zur Seite stand und dazugehörte; laut hatte er ausgerufen: »Aber der Apparat gehört doch Ihnen, gnädige Frau Anstaltsleiterin, und nicht dem Staate, was soll das!«

Mit »Dummer Junge« war er abgewiesen worden und hatte sich vor Scham gekrümmt. Servil, untertänig, entlarvt, abserviert. Er hatte sich abgeschafft gewünscht, ausradiert.

Mitten aus dem Sockel ragte ein schwarzer Stiel herauf, an dem der Apparat hing. Als er angekommen war, hatte es noch ein Telefon mit einer Kurbel gegeben, aus dem man die Stimme aus dem Postamt unten im Dorf hörte. Aber eines Tages war ein blaugekleideter Postbeamter gekommen und hatte den braunen Kasten weggetragen samt der kleinen herausstehenden Kurbel. Man stand hier oben über dem Tal und sah zugleich das Dach, unter welchem die Damen arbeiteten, die einem die gewünschte Nummer stöpselten.

Das Klicken der vom Hörer befreiten Gabel, ein Warten und dann – ohne daß er wie sonst fortgeschickt wurde – die Stimme der Direktorin, die sich mit dem Pfarramt verbinden ließ.

In seinem Elternhaus hatte das Telefon auf dem Treppenabsatz gestanden, auf einem kleinen Tisch unter dem Fenster und öfters hatte er sich gewundert über die Geduld des auf beiden Armen der Gabel liegenden Hörers, unbeweglich, als ob er auf eine Stimme in sich selber warte, mit den beiden Muscheln, die sich aus ihm herausstreckten, mit dem Gesicht immer nach unten, unentwegt. Und hier hing der Hörer an einem Pfosten wie am Galgen!

Der Pfarrer bewohnte ein wenig schräg der Kirche gegenüber ein glattmaucrnes Haus mit weit vorspringendem Schieferdach. Es stand auf einer Art Podest, eine kleine Treppe führte vom Platz da hinauf und zwischen Kirche und Pfarrhaus lag ein winziger, mit Linden gesäumter, erhöhter Pfad. Der Pfarrer war ein Italiener, an dem die zu enge Soutane sich um den Körper spannte. Er hatte sich immer vor dem Pfarrer gefürchtet, vielleicht weil er doch evangelisch war. Das Katholische war für ihn violett, dumpf, breit, rätselhaft und ohne daß er den Sinn des Wortes auch verstand, ein wenig anrüchig. Als Kind war er fromm gewesen und hatte mit aller Inbrunst jeden Abend das »Vater unser« gebetet. Christus war sein großer Freund gewesen. Aber vor den Bildern hatte er sich immer geschämt: sie stellten doch das Verbotene dar, und in der Dorfkiche war er schon öfter gewesen. Während man sich umschaute, hörte man draußen die Pferdewagen vorbeifahren, das Schnaufen der Tiere und das Klacken der Hufeisen auf dem Pflaster oder Stimmen, die riefen, und im Sommer das Singen der Schwalben. Die Kirche stand auf viereckigen Pfeilern mit Pilastern, um die ganz oben ein gekröpftes Gesimse lief. Sie standen riesig hintereinander, jeder dunkler als der vorige und zwischen ihnen öffneten sich noch dunklere Rundungen. Es war italienisch, wie in Florenz im Dom und damit belehrte er nun jeden, den er begleitete. Sogar die Anstaltsleiterin war gezwungen worden, seine Allwissenheit anzuerkennen. Die Mitschüler, die ihn »Lisette« nannten, hießen ihn außerdem noch »Arias«, wie bei La Bruyère, dem französischen Porträtisten des 17. Jahrhunderts, ein solcher auch heißt, der seine Umgebung immer belehren will.

In den Seitenkapellen hingen wandgroße Gemälde, die nackte Heilige darstellten, die gerade mit gefesselten und gespreizten Armen an einem Balken hochgezogen wurden oder die auch splitternackt auf ein eisernes Gerüst gezerrt wurden, während sich hinter ihnen dunkelgelbe Gewölbe öffneten, deren Bögen, sehr weit in der Perspektive, hohe Wolkenhimmel freigaben.

Man sah das viele Fleisch, die breiten Schenkel, die Brüste, die Lenden, all das Verbotene. Jedesmal erschauerte er davor und jetzt gerade kamen ihm die Märtyrergeschichten wieder vor die Augen, die er auf dem Bauernhof gelesen hatte: warme Staubwirbel, vor der untergehenden Sonne, das okkerfarbene, kahle Dorf mit den zugedeckelten Strohhütten, oder römische Theater mit runden Bögen aus Backstein, »opus cimenticum« hieß das, wußte er, wie er sie in seinem Lateinbuch abgebildet gesehen hatte, es wurde gerade der sechzehnjährige junge römische Patrizier, der seinen christlichen Glauben nicht aufgeben wollte, für die Folter vorbereitet, schon erschien seine nackte Schulter, der Ansatz der weichen Brust, die Toga riß man ihm vom Leibe, schneeweiß, glatt, unschuldig stand er da, ausgekleidet, den Henkern ausgeliefert.

Ganz nahe stand er an der Seite der Direktorin, die ihn nicht einmal von sich abstieß, eine kleine Bewegung hätte genügt und schon wäre er mit ihrem Körper in Berührung gekommen. So oft hatte er ihre Nähe gespürt, wenn sie über ihm gebeugt seine Schularbeit überwachte.

Plötzlich merkte er, daß er schon monatelang die seltenen Menschen, die um ihn herum waren, immer nur angeschaut hatte und daß er jede Berührung vermieden hatte, den Töchtern des Bauern nicht einmal die Hand gedrückt hatte, damit man nicht vermuten könne, er hätte »schmutzige Hintergedanken«. Und gerade jetzt hörte er durch die Muschel hindurch, verkleinert, wie an einem Faden gehangen, spinnenhaft schrill trotz ihrer Tiefe, die Stimme des Dorfkaplans, der versicherte, er sei für den Marschall Pétain, für die Collaboration, die er sich trotz allem noch für lange Jahre erhoffe, er wolle aber doch seinen Vikar an den Apparat holen, der sei im Widerstand und wüßte vielleicht einen Ausweg, er hätte übrigens zahlreiche Verwandte, die den »Kleinen« vielleicht verstecken könnten.

Und da stand dann wieder das Warten zwischen den Gegenständen, in die man sich hineinsah, den Holzgriff der Schublade, die Tischbeine, alles.

Und dann kam wieder durch die Muschel eine ganz andere Stimme, fadendünn, aber doch rauh, kratzend, ein wenig hoch, gesprächig, der Vikar war es, den er schon öfters den Dorfplatz überqueren gesehen hatte in einer lustrierten, abgewetzten Soutane. Und wieder das Warten, der Vikar mußte selber zum Vetter, den er im Dorf hatte.

Die Anstaltsleiterin ließ den Knaben in ihrem Schlafzimmer warten, er durfte sich nicht zeigen. Er wollte aber zur Köchin hinunter, sie begrüßen, aber man ließ ihn nicht und wieder stand der Zimmerkubus um ihn herum und in ihm der Wunsch, ein anderer zu sein. Im Brustkorb wieder die Angst, um die man herumruderte, es war, als hätte man Gips in sich hineingegossen bekommen. Es dauerte lange, bis es im Nebenzimmer wieder anklingelte, ein spitzes, aber von der Trennwand verdünntes Geräusch.

Er hörte die Stimme der Anstaltsleiterin, die irgend etwas bestätigte, als hätte sie Angst, sich zu irren. Sie sagte in die Muschel den Weg nach und beschrieb, als sei es für sie selber, Lage und Aussehen des Bauernhofes. Er hörte mit und sagte es auch laut nach in der jetzt ihn beklemmenden neuen Angst, er würde die Stelle verfehlen, herumirren und auffallen, man würde ihn ausfragen, sofort würde er geständig werden und man brauchte nur noch die Gestapo anzurufen. Er müsse durch das ganze Dorf und dann am anderen Abhang des Talkessels würde er den Bauernhof hinter einem Tannensaum sofort entdecken, als einziger jenseits des Baches gelegen, der Weg hinauf sei nach der Brücke über den Glapetbach, er kenne doch die Stelle, zwischen zwei Häusern die kleine Rinne und es ginge sofort steil bergauf. Es war die ihm verbotene Partie des Dorfes, da wo sie nur in Begleitung hin durften, weil man sie da vom Internat aus nicht mehr beobachten konnte.

Er fühlte zum erstenmal ihre Hand auf seiner Schulter, mit ausgestrecktem Arm stand sie vor ihm und als wolle sie die Zärtlichkeit und Liebe, die in ihr aufstieg, bekämpfen, sagte sie in barschem Ton: »Und jetzt beeilen Sie sich, ich will Sie hier nicht mehr sehen und seien Sie vorsichtig.« Das »Sie« wie immer, aber die Hand blieb auf seiner Schulter liebevoll: er spürte ihren Druck und erinnerte sich kaum, daß die Finger trocken, warm und knochig waren, wenn man sie ihm nach der Strafe hinhielt, damit er sie küsse und sie erst von seinen Tränen glatt wurden.

Er wollte wieder durch den Windfang hinaus und nicht die Abkürzung gehen, die ins Dorf hinunterführte, da wäre er von überall sichtbar gewesen. Er wollte die tannengesäumte Straße gehen, da wußte er genau die Stellen, wo er sich verstecken konnte, wenn ihm jemand entgegen kommen sollte. Die seltenen Wagen hörte man von weitem emportuckern, das Geräusch von den Abhängen verstärkt. Er würde sich auf den Boden werfen, sich hineinschmiegen, von den Preiselbeerstauden verdeckt. Im Kriechen kannte er sich aus, das Tierhafte hatte er sich schon angelernt und jedes noch so kleine Versteck in Gedanken schon erprobt.

VIII

Als er wieder draußen auf der anderen, von Licht überfluteten Seite des Internats am Eingang des Anbaus stand, war es ihm, als atme er nur noch ganz oben mit abgesperrten Lungen, er stand da mit diesem Körper, der zu ihm gehörte und der den ganzen Weg lang mitkommen würde, den er den ganzen Weg mitgehen lassen müßte. Er war einfach ausgesetzt worden. Als letztes hatte die Anstaltsleiterin noch gesagt und ihn dabei weiter gesiezt: »Sie müssen so aussehen, als hätte ich Sie ins Dorf einholen geschickt, wie immer!« und schien dabei zu vergessen, daß es vor Monaten schon gewesen war.

Er stand da von überall sichtbar, ein senkrechter Strich, den jeder von unten erkennen würde. Nur im steilen Wäldchen, wo er sonst hingeschickt wurde, sich die Ruten zu seiner Züchtigung pflücken, wäre er unsichtbar geblieben und doch hätte man das Knacken der Zweige gehört oder den Wipfel eines Gebüsches sich bewegen sehen. Er stand da, zum Mitgenommenwerden, wie angeboten. Im Internat wäre er darauf beinahe stolz gewesen. Im Repetiersaal, inmitten der anderen, hätte er von der Bank aufstehen müssen und versuchen, sie mit der Wade wegzudrücken, um mehr Platz zu haben. Man hätte ihn da stehen sehen in seiner dunklen, abgeschabten Kleidung; alle Blicke wären auf ihn gerichtet gewesen, er hätte die Hände vorgestreckt, den Handschellen entgegen, hinter sich, bei schon geschlossener Tür, hätte er noch das Stimmengewirr hören können. Er wäre in der Erinnerung der anderen geblieben, dann, am Abend, hätte man den Rosenkranz für ihn gebetet.

Er sah sich schon im Lager, das Messebuch hätte man ihn mitnehmen lassen, im grauen Nebel sitzend, gälte er als junger Märtyrer, und dann abgemergelt, sterbend auf seiner Pritsche liegend, beugten sich die anderen über ihn, um seine letzten, schon geheiligten Worte zu hören. Viele Jahre später gäbe es dann auch im Meßbuch ein Andachtsbild von ihm, einem schmächtigen Jüngling mit brennendem Blick. Er wand sich vor Scham, daß ihn doch noch solche Bilder überkamen; ja es war ganz recht, daß man ihn mitnehmen wollte.

Unter ihm der Abhang so steil, daß man sich immer mit steifen Beinen abbremsen mußte, den er aber auch brotbeladen, keuchend hinaufgeklettert war. Von oben gesehen war die Abkürzung eine Naht, wie aus gelbem Faden, durch die Matten gezogen, wie präpariert bog sie rechtwinklig ab und schnitt den ganzen Abhang durch, als wäre sie um eine riesige Tasche herumgenäht und erreichte dann einen kleinen flachen Absatz, wo sie über flache Steinplatten über den Bach führte.

Der Bach floß da langsamer, mit kleinen Ausbuchtungen, wo das glatte Wasser langsam abfloß: der Sand war der Strand, die Ameisen am Rand, die Badegäste und die Tannennadeln, die Kanus. Hinter den Tannen und Findlingen, vom Heim unsichtbar, hatte er da oft den schweren Brotsack abgelegt und Rettung gespielt, wie er es im Lexikon abgebildet gesehen hatte: die Ameisen ruderten auf dem Wasser herum, versuchten verzweifelt, sich fortzubewegen, trotz des Sturms kam aber das Kanu mit den Männern in gelben Südwestern und nahm die Ertrinkende an Bord. Er streckte sich über das Bachbecken, spreizte die Beine und konnte mit Grashalmen oder Zweigen doch jedesmal Mücken, Fliegen oder verirrte Bremsen wieder ans Ufer bringen und hinter ihm stand der Rucksack mit den beiden herunterhängenden Traggurten zu beiden Seiten, die auf ihn zu warten schienen.

Einmal hatte ein Mitschüler ihm ein Taschenmesser geschenkt, als seine Eltern ihn wieder abholen kamen: sie waren in einem langen Cabriolet gekommen und er hatte sogar geholfen, die Koffer hinaufzutragen, und war daneben stehengeblieben, während der Vater, ein hagerer Herr in Schnurrbart und Pumphosen, sie aufschnallte. Es war ihm eine hastige, großräumige Welt mit Drehtüren und Messinggriffen entgegengekommen. Er hatte sich hohe Zimmer vorgestellt mit Ahnenbildern und Doppeltüren, die Damen in eng anliegenden Kleidern zuschlugen und Pralinen aus langstieligen Porzellanschalen aßen.

Der wegfahrende Schüler hatte ihm das

Messer zum Abschied in die Hand gedrückt, vielleicht hatte er sich geschämt, ein solches Bauernmesser nach Paris mitzunehmen, wo er auf Teppichen ging und auf vergoldeten Stühlen saß.

Man hatte die Türen zugeschlagen und die Eltern hatten sich nicht einmal nach ihm umgedreht, sie hatten aus ihm sofort den Bediensteten, den jungen Hausburschen herausgesehen, wie er ein wenig vornübergeneigt, beflissen die Koffer herangeschleppt hatte, vielleicht wußten die Herrschaften genausogut, wie er selber es mit sich hatte geschehen lassen, was man alles bei geschlossenen Türen sich so mit jungen, noch bartlosen Dienern leisten konnte. Dann war das lange Cabriolet auf einmal nicht mehr da gewesen, an seiner Stelle, die hellgraue Straßenfläche mit den unzähligen eingeteerten Steinchen, wie schwarz umrandete Mosaikteilchen.

Zum erstenmal im Leben hatte er nun ein Taschenmesser, das ihm gehörte, er fühlte es mit dem Handteller nach. Der hölzerne gelblich gefirnißte Griff war rund und verlief am Ende in eine leicht erhöhte Spitze. Eine glatte, genietete Zwinge umschloß die Holzfassung, in deren Öffnung die Klinge halb verdeckt einlag. In die Schneide war eine fingernagelartige Vertiefung eingekerbt, an der man sie aus dem Griff herauszog. In der Mitte war eine kleine stilisierte Hand schwarz eingraviert mit einer Krone darüber, im Bogen herum geschrieben stand die Inschrift »La main couronnée« (Die gekrönte Hand).

Er wußte, daß man es ihm sofort abnehmen würde, daß er keins haben durfte. Er konnte es nur gestohlen haben und fürchtete sich doch vor der Rute. Nun war ihm aber das so oft erträumte Spiel blitzartig wieder aufgekommen; er würde sich mit dem Messer kleine Schiffe schnitzen und die auf der Bachausbuchtung schwimmen lassen. Damit sie nicht kenterten, mußte man sie breit und ein wenig flach ausschnitzen.

Die ganze Zeit im Bauernhof hatte er nicht mehr an das Messer gedacht. Es lag in der Dunkelheit des Kellers, hinter dem Heizungsgeröhre, in einem Mauerloch, das er einmal im Keller herausgefunden hatte. Diesmal war er zur Strafe im dunklen Keller eingesperrt worden. Seine Augen hatten sehr lange gebraucht, so hell war es im Büro, wo er bestraft worden war, gewesen, ehe er in der Finsternis die Gegenstände unterscheiden hatte können, die Tränen hätten sie sowieso undeutlich gemacht. Mit dem viereckigen Lineal hatte man ihm die Fingerspitzen fast wund geschlagen. Auf der Heizungskohle sitzend, hatte er sie weinend vor sich hin hängen lassen und fand sich dabei sehr interessant, war er doch der am meisten bestrafte Schüler, der Schmerz setzte ihm sonderbar zu. Die ganze Zeit, er war für sechs Stunden eingesperrt worden, hatte er nur geschaut, nach und nach jede Einzelheit entdeckt, Risse, Schrammen, Holzfasern oder Unregelmäßigkeiten in der Mauerung. Unter dem Geröhre war ihm eine kleine Vertiefung aufgefallen, die noch dunkler, tiefschwarz, länglich darunter lag; erst als der Knabe ihm zum Abschied das Messer reichte, hatte er sich daran erinnert und jetzt lag das Messer darin, unauffindbar, er alleine wußte darum.

Einen Augenblick lang blieb er doch hinter den Tannen an der kleinen Bachausbuchtung stehen, er hätte alles gegeben, um noch in die Knie zusammenzubrechen unter dem Gewicht der Brote, die er ja immer an dieser Stelle abgeladen hatte. Auf der anderen Seite des Baches bildete der Abhang eine schulterartige Paßerhöhung. Von da übersah man wieder das ganze Dorf. Vielleicht sah ihm die Anstaltsleiterin vom Fenster ganz oben nach. Trotz der Strafen mußte sie ihn doch lieb gehabt haben, daß sie so versuchte, ihn zu schützen.

Auf einmal, unerwartet, fiel ihm der größere Bruder ein, den sie ihm immer vorgezogen hatte, als Beispiel gegeben hatte. Seit dem Tag, als die Deutschen gekommen waren, beide abzuholen, hatte er kein einziges Mal mehr an ihn gedacht, ihn einfach vergessen, so sehr war er mit sich selber beschäftigt gewesen. Und nun hatte er nicht einmal nach ihm gefragt, sich nicht erkundigt, ob die Direktorin etwas von ihm wisse. Sein Schweigen hatte ihr Urteil über ihn bestätigt: sie hatte sich bestimmt gesagt, daß er alle Strafen verdient hatte, daß er, wie sie es sich immer gedacht hatte, ein Nichtswürdiger sei, ein schamloser junger Mensch, von dem alles zu erwarten sei, der das Risiko, das man für ihn eingehe, nicht wert sei. Er hoffte sich abgeschafft, vom Boden vertilgt, verschwunden, dabei war er hartnäckig immer noch mit sich selber dabei.

Er ging wie auf Stelzen, hoch über der Landschaft und ekelte sich. Am liebsten wäre er ins Internat zurückgekehrt, sich erkundigen, damit die Anstaltsleiterin doch nicht allzu übel über ihn denke. Wenn jetzt die Deutschen heraufkämen und ihn mitnähmen – er hielt sogar ganz still, um vielleicht den hinauffahrenden Spähwagen zu hören –, geschähe ihm ganz recht. Mitgenommen zu werden war vielleicht das beste, mitten im Dorf vor aller Augen, wie interessant er wieder einmal sein würde. Er hatte schon von Verbrechern gehört, die nach tagelanger Verfolgung endlich festgenommen, sich befreit und erleichtert fühlten und dabei wußte er noch nichts von seiner späteren Schuld, wie er sich fügen würde, sich spreizen lassen, es mit sich geschehen lassen und den Mund öffnen. Aber während des ganzen Wiederzurückkletterns würde man ihn vom Heim aus von vorne sehen und sich wundern, daß man ihn nicht von hinten hinuntergehen sehe. Im Nachbarhaus könnte es jemand merken und sogar die Kommandantur anrufen.

Er stand da, wo der Weg nach einem kleinen Felsenvorsprung fast senkrecht ins Dorf hineinstößt, so steil, daß man sich an Baumstämmen und Felsen hinunterhangeln mußte. An dieser Stelle, wo der Abhang balkonartig über der Leere hängt, stellte er immer den brotbepackten Rucksack ab und rang nach Luft.

Auch die alten Bauersleute, wenn sie zur Sonntagsmesse ins Dorf hinuntergingen, mußten da durch und dabei blieben ihre Sonntagstrachten um sie herum hängen und schwarze, schillernde Kleider sah man sich zwischen Felsen und Gebüschen durcharbeiten. Er hatte sie oft um ihre Erinnerungen beneidet, die sich von Sonntag zu Sonntag anhäuften.

Damals, während er am Wegrand saß, keuchend wieder zu Atem kam und sich seiner gespreizten Schenkel schämte, waren Bauern oder auch Touristen an ihm vorbeigegangen, die entweder so taten, als sähen sie ihn nicht, oder denen es peinlich war, freihändig durch die Berge zu spazieren, während ein junger Diener solch schwere Lasten trug. Die Bauern kannten ihn alle und er saß da, während sie von oben mit ihm plauderten; er war stolz, sich so gut wie ein »Hiesiger« auszukennen, die Familiennamen zu wissen und die Verwandtschaften zu übersehen. Wenn einer da ging, sah er den Hof, die Eltern und Geschwister mit, vielen konnte er ihren Weg nachgehen und sie fingen an, ihn für einen Einheimischen zu halten und doch wußten sie alle genau, wer er war, und grüßten ihn trotzdem. Aber es könnte einer vorbeikommen und fragen, was er denn so ohne Traglast da mache, ob er nicht eben aus dem Heim ausgerissen sei und vielleicht hätte ihn der Bauer, ihm das Ohrläppchen kneifend, ins Heim zurückgeführt.

So stand er wieder auf und spielte den, der es eilig hat, der dringend etwas ausrichten muß, da das ganze Dorf doch wußte, daß er da oben »Schützling« sei, also Diener, würde sich keiner wundern, wenn man ihn durcheilen sähe. In manchen Geschäften, gerade in einem auf dem linken Bürgersteig, den er immer hinauf- oder hinunterging, war man auch dazu über ihn im Bilde. Bei dem Postkarten- und Schiwarenhändler ganz besonders.

Es war kurz nach seinem fünfzehnten Geburtstag gewesen, ein anderer Junge war geschickt worden mitzutragen: die zehn Brote und die zehn Kilo Linsen. Sie hatten vor dem Laden einen Augenblick die Rucksäcke abgelegt und die beiden Säcke nebeneinander auf dem Bürgersteig bildeten jeden der beiden Jungen nach, einer, der seinige, sackte langsam in sich ein, der andere fest im Gerüst emporgerichtet, neu, glatt, fast stolz mit den knusprigen Broten in der Öffnung.

Am Ständer hatten sich die Ansichtskarten herumgedreht, Landschaften, die an einem vorbeizogen, in kleine Vierecke verteilt. Ganz oben, von der Witterung verbogen, stellte eine Ansichtskarte die Talaussicht vom Internat aus aufgenommen dar.

Da sie doch so verbogen und verblaßt war, kaum noch glänzte, nahm er sie einfach aus dem Ständer heraus, um sie, oben wieder angekommen, mit der wirklichen Landschaft zu vergleichen. Als hätte er darauf gewartet, stürzte sich der Ladenbesitzer heraus und schrie, er habe sie stehlen wollen. Der Mitschüler, das war noch nie passiert, nahm ihn in Schutz und sagte, er habe sie sich nur ansehen wollen. Aber oben im Heim wurde er trotz des Brottragens bestraft. Der Ladenbesitzer hatte angerufen und sich beschwert.

Überall im Dorf kannte man ihn, wenn ihn Mitschüler hänselten oder er meinte, daß sie es täten und er sie am Eingang des Dorfes noch mit Steinen zu bewerfen versuchte oder mit Beschimpfungen überhäufte, die er ihnen durch das ganze Dorf, heulend, nachbrüllte. Jeder Anrainer hätte etwas über ihn erzählen können und jedesmal erfuhr es die Anstaltsleiterin, der man es, amüsiert, fast als guten Witz, berichtete.

Und jetzt hatte er da überall vorbeizugehen, zuerst an der stufenartigen Ummauerung des Hôtel de l'Ermitage vorbei. Dann nach einer umzäunten Wiese wurde es auf einmal Stadt mit Bürgersteigen zu beiden Seiten und Häusern, die aneinandergebaut waren und nur noch selten den Blick zwischendurch gehen ließen.

Er tat, als ob er gar nicht er selber wäre, als ob er mit sich selber gar nichts zu tun hätte; bald spielte er den Nachdenklichen, als hätte er gerade etwas sehr Wichtiges vergessen oder als durchzögen ihn wichtige Gedanken, bald tat er, als hätte er es eilig und müsse wieder rechtzeitig im Internat zurücksein. Oder, um natürlich auszusehen, blieb er vor der großen, in der Mitte des Dorfes gelegenen Eisbahn stehen, eine dreieckige, kurz geschorene Grasfläche, die vor Jahren im leise ansteigenden Abhang ausgehoben worden war. Im Winter wurde sie wie ein Blumenbeet begossen, jeden Abend fror die Oberfläche zu und wurde eine glitzernde weiß-blanke Laufbahn, die sich jede Nacht unmerklich erhöhte. Es standen da gerade zwei Leute, weit voneinander entfernt und die jeder an einem Gestell drehten, jeder andersrum. Sie seilten. Es war alles wie sonst, Leute gingen auf der Dorfstraße oder dem Vorplatz und darüber lag das Gebirge, riesig, raumfüllend, tannenbewachsen, ungeheuer und still.

Die Straße bog hinter der an der einen Seite untermauerten Eisbahn ab. Bisher hatte er den ganzen Weg übersehen können und Verstecke waren überall hinter Felsenvorsprüngen, Bäumen oder Mulden. Aber jetzt verdeckte ihm die Eisbahn den Dorfplatz, über den er mußte, da hatte damals der Lastwagen gestanden, in den die Juden eingestiegen waren, die im Dorf in die beschlagnahmten Hotels hineingezwungen worden waren. Als er sie hatte einsteigen sehen, hatte er sofort gewußt, daß sie in den Tod fuhren und er, der doch eigentlich dazugehörte, war einer der seltenen Gaffer gewesen, die anderen Leute, die über den Platz gingen, taten, als gäbe es nichts und die Einsteigenden hatten ihn vielleicht für einen Hiesigen gehalten, der nichts zu befürchten hatte, und ihn beneidet.

Vielleicht stand da wieder ein grün getarnter Spähwagen der Wehrmacht mit heruntergeklappter Windscheibe und wartete auf ihn. Von der anderen Seite der Eisbahn führte eine breitstufene Treppe zur Straße hinunter, auf der untersten Stufe, vom Mauerwinkel aus, konnte man die ganze Straße überblicken.

In ihm steckte eine dünne Stange, er mußte sich in die Finger beißen, um ruhig zu gehen und nicht aufzuschreien: um die Eisbahn herum lief oval ein Zementgitter, Risse hatten sich an den rautenförmigen Einlässen der Gitterbalken geöffnet.

Einfach umkehren und als sollte er brotbeladen wieder zum Internat hinaufgehen, sich im Keller oder dem Dachboden verstecken oder sich auf seinen Platz im Repetierzimmer setzen. Schon fühlte er die glatte Fläche der Bank unter sich, man würde ihn aufrufen, nach vorne zu kommen, da er wieder einmal nichts wußte, und die anderen würden ihn wieder einmal von hinten sehen.

Die Schihose störte ihn, sie trug sich schwer, schmiegte sich ihm in der Frühlingshitze um die Beine, gerne hätte er sie wie früher über die Stuhllehne zusammengelegt, dabei hatten die anderen ihn auch immer von hinten gesehen.

Kein einziger Wagen fuhr, ab und zu bimmelte eine Ladentür, es wurde in Holzschuhen unterhalb der Eisbahn gegangen. Die ganze rechte Blickseite wurde von dem grünen Abhang des Jaillet eingenommen. Die riesige runde Bergflanke streckte sich dahin mit dem ganzen Waldstehen über der grün leuchtenden Alm. Trotz der Entfernung sah man den Windzug durch das Laub der großen Linde, die den auf halber Höhe gelegenen Bauernhof beschattete. Ab und zu traten der Bauer oder die Bauersfrau aus dem Haus. Die Tochter sogar sah er herunterkommen, er wußte, daß sie im Dorf arbeitete und immer wieder, beladen oder behängt, den Hang hinauf- und hinunterging. So tief war die Stille, daß man das Steinescheppern auf dem Weg hörte. Tagelange Fußmärsche hatte man um sich herum und es genügte ein einziger Blick, um sie auf einmal nachzugehen.

Hinter ihm, über dem Waldvorsprung, als könne er es nicht loswerden, stand das Internat. Vielleicht blickte ihm die Leiterin nach.

Das letzte Mal, als er an der noch sommerlichen Eisbahn gestanden war, hatte er, oben im Heim wieder angekommen, im Bilderlexikon »Larousse«, das Bild »Die Kinder Edward's« von Paul Delaroche entdeckt: einander schützend hielten sich die beiden Knaben umschlungen, auf dem Baldachinbett sitzend, kurz vor ihrer Ermordung, in samtenen Kleidern, wie sie von ihrem Diener vielleicht kurz vorher noch angezogen worden waren. Unter den schönen Kleidern hatte er sie sich ganz ausgezogen vorgestellt, wie die Mitschüler im Schlafsaal. Es waren ihm blitzartig Vorstellungen von ihm selbst gekommen, wie man ihn fesseln würde vor versammelten Samt- und Seidebekleideten, reichen Jünglingen.

Daran würden die Deutschen ihn doch sofort erkennen, die Schuld stand aus ihm heraus, prägte seine Gesichtszüge, an die, es fiel ihm plötzlich auf, er sich kaum erinnerte und die ihm doch vertraut waren. Im Internat hatte es nur einen einzigen Spiegel über einem Waschbecken gegeben: es gehörte sich nicht, daß sich Kinder im Spiegel betrachteten. Im Bauernhof hatte er sich ab und zu vorbeiflitzen sehen, schräg gen Himmel stehend, wenn die Bäuerin gerade das Fenster aufmachte, und beim Schließen hatte er sich wieder vorbeihuschen gesehen, hager, hochgeschossen, aber seltsam kindhaft mit herunterhängenden schmalen Schultern. Er hatte sich dann nicht mehr getraut, das Fenster in Spiegelstellung zu bringen.

Sein Aussehen: lockiges blondes Haar, blaue Augen, hohe Stirn, helle mädchenhafte Haut; die Gesichtszüge fühlte er von innen heraus.

Ein Mitschüler hatte ihm erzählt, im Schlafraum seiner Eltern hätte es einen großen Kleiderschrank gegeben, dessen Türen eine ganze Spiegelwand bildeten. Er habe sich da ausgezogen und nackt davorgestellt, zwei

Türen geöffnet und sich darin unendlich vervielfältigt, als Partner seiner selbst bis ans Ende der Welt weiterreichen sehen, ein Taumel hätte ihn ergriffen, hatte er erzählt und abends, wenn er vor dem Einschlafen mit sich selber spiele, käme ihm immer dieses Bild von ihm selber vor die Augen.

Er fühlte die Glut der Scham in seinen Gesichtszügen aufsteigen und doch konnte er nicht mit verdecktem Gesicht gehen, auf dem Dorfplatz würde man sich fragen, wer denn hinter seinen Händen so versteckt einherginge und dann kämen die Deutschen dazu, die Miliz gar.

Einen Kartoffelsack, um sich hineinzustekken, hatte er keinen und doch hätte es zuerst ausgesehen, als sei er darin versteckt: vom Bauern durch das Dorf gefahren, im sandigen Geruch des Karrens. Ab und zu hätte der Bauer die Peitsche über das Pferd knallen lassen. Auf dem Dorfplatz, vor dem Steinpodest, auf dem die Kirche wie ein gestrandeter Überseedampfer stand, hätte er das Pferd an einen der großen Eisenringe festgemacht, wie im Winter die Pferdeschlitten für die Touristen, die man schräg die Straße herauffahren sah, sogar noch extra zugedeckt, nebeneinander sitzend und die so taten, als ginge sie das alles nichts an.

Der Bauer wäre ausgestiegen, hätte die Wagenplane abgenommen und hätte ihn an den Haaren hochgerissen und nackend, wie er war, am ausgestreckten Arm, den Passanten vorgehalten und die Peitsche hätte sich um seine Lenden gewunden, während der Kartoffelsack rund um sich selber auf den Karrenboden heruntergesackt wäre.

IX

In der Mitte durchstieg ein rundes Eisengeländer die Treppe, zweigeteilt lief sie sich nebeneinander. Die Eisenstange war von den unzähligen Händen blankpoliert, glatt, sanft anzufassen, während die Träger in der Mitte metalldunkel sich rauh anfaßten, wenn man in ihrer Höhe daneben griff.

Es war vorgekommen, daß die Heimschüler zum »Luftschnappen« ins Dorf hinuntergeschickt wurden, wenn einige Bevorzugte Einkäufe »tätigen« wollten oder man sie zur Rückfahrt nach Hause zum Busbahnhof hinunterbrachte. So hatte er, der doch nie irgendwo hinfuhr, auch Gelegenheit gehabt, in die Busbahnhofshalle hineinzugehen. Oft hatte er auch das Gepäck der »betuchten« Schüler im Handkarren die ganze Straße hinaufschieben oder zur Abfahrt hinunterfahren müssen. Der Bahnhof war ein grau beworfenes Gebäude, mit viereckigen Fenstern, hinter denen ein leerer gekachelter, trotz des einströmenden Lichtes dunkler Raum lag mit großen, schwarzhölzernen Bänken vor zwei Schaltern in der Wandöffnung, die – so groß war der Raum – außerhalb des Gebäudes zu liegen schienen: sie waren immer beschlagen und dahinter sah man dunkle Gestalten hantieren, von denen man nur Kopf und Brustkorb zu sehen bekam. Während man so wartete, hörte man Reiseziele wie Tours, Orléans oder Toulouse, bei deren Klang in einem Stadtbilder entstanden, seltsame Klanggewichte, die man vor sich, hinter sich oder irgendwo neben sich liegen fühlte, in fast unendlichen Entfernungen.

Die »Großen« sechzehn- oder achtzehnjährigen Heimschüler fuhren manchmal alleine wieder nach Hause, nach Paris, und man sah sie mit ihrem wippenden Fahrschein, ein bloß violett überdrucktes Stück Papier in der Hand, in den Bus klettern, wo man sie dann, als halbe Körper, wiedererkannte, die sich ungeschickt durchzuklemmen versuchten, sich, wie ihr eigener Koffer geworden, hinter sich herschleppten und nach geraumer Zeit erst, platznehmend, so erschienen, wie man sie kannte und belämmert-bescheiden, sichtlich am Sitzen erfreut, lächelnd zurückgrüßten und schon nicht mehr da waren.

Dann sah man nur noch von hinten das steife abgerundete, waagerecht und schmal durchfensterte Gehäuse des Busses, unten dunkelbraun, oben ockerhell angestrichen, mit den Zylindern des Gasantriebs, die wie im letzten Augenblick zugestiegene Schwarzfahrer aussahen. Das alles entfernte sich miteinander und wurde zusehends kleiner. Jedesmal überkam einen wieder der stechende Schmerz des Abschieds: ein Gesicht, das so blieb, wie man es gesehen hatte und das sich gleich bleiben würde, obwohl es nicht mehr da war; man hatte mit ihm gesprochen, von dem anderen alles gewußt, wie er schlief oder sich freute, wie er aussah, wenn er traurig war oder lachte oder sich wusch mit nacktem Oberkörper, man hatte ihn beim Er-selbst-Sein ertappt und begleitet, gewußt, was er gerne oder nicht aß, bis auf die Geräusche oder die Gerüche seines Körpers täglich wahrgenommen und nun nahm er das alles mit sich wieder weg. Noch kurz vor der Abfahrt hatte er ihn angeschaut, er stand so nahe an ihm, daß er jede Pore der Haut wie vergrößert ansah und doch war er von ihm meilen-unendlich weit entfernt und doch wäre es so einfach gewesen, ER zu sein, er hätte in Maisons-Lafitte gelebt, sein Zimmer gehabt, wenn er auf der leeren, vom Wald von Saint-Germain gesäumten Straße Rad fuhr, hätten die Passanten gewußt, daß er dazugehörte, zu denen, die zu Hause Sessel und Teppiche hatten und die man aus dem Garten herunterrief, um sie zu einer Abendfahrt im Auto der Seine entlang mitzunehmen.

Und jetzt sogar – die Busbahnhofshalle war fast leer – hätte es genügt, wie die anderen zum Schalter zu gehen und eine Fahrkarte zu verlangen: un aller Paris, Gare de Lyon, via Sallanches, Ambérieu, s'il vous plaît und er wäre in den Bus gestiegen, in dem es nach Leder roch und trotz der breiten Fenster nicht so hell wie draußen war; er hätte sich an den Chromgriffen festgehalten, die aus den Sitzen herausragten; schon lange war er nicht mehr mit dem Bus gefahren. Zum wöchentlichen Einkaufen auf dem Markt ging man die zwölf Kilometer nach Sallanches zu Fuß hinunter, aber zurück durfte man fahren: den Eltern wurde dann die Hin-

und Rückfahrt als Ausflug dazugerechnet. Hinter sich sah man durch das Heckfenster auf der heruntergelassenen Planke des Kofferraums die Holzkisten mit den Kohl- oder Salatköpfen hüpfen, die man für das Internat gekauft hatte.

Aber sofort wieder überlief es ihn kalt; das Rückgrat höhlte sich ihm aus, in der Körpermitte, in Brusthöhe wurde er wieder zuzementiert. Es gab für ihn keinen Ausweg, er konnte sich keinen weißen, violett aufgedruckten Fahrschein kaufen, er hatte noch nie Geld gehabt, er bekam kein Taschengeld und von den Einkäufen konnte er nicht den kleinsten Pfennig behalten. Er gehörte auch nicht zu denen, die wußten, wo sie hinfuhren, das Zimmer schon kannten, wo sie schlafen würden. Weit unten, käme er bis dahin, lagen Gräben und Hecken, durch die er sich hindurchzwängen müßte, zwischen den Feldern und am Dorfeingang wüßte man dann seiner Schrammen an Beinen und Gesicht wegen sofort Bescheid.

Weiter noch in Gegenden, die er sich vorzustellen suchte, gab es die Demarkationslinie zwischen dem besetzten und dem noch

»freien« Teil Frankreichs. Jetzt, wo das ganze Land okkupiert war und überall »Ausweis« heiser und brutal gebrüllt wurde, bestand sie immer noch. Er versuchte, sich nach den Abbildungen, die er gesehen hatte – die Kathedralen Frankreichs konnte er schon alle frei nachzeichnen –, sich die Wege vorzustellen, zwischen Bäumen und Gestrüpp, über welche mit der Stadt im Hintergrund, die Verfolgten geflohen waren, wie sie versuchten, die Äste und Zweige von sich wegzustoßen und sich Straßen erhofften oder Bahnhöfe, aber sich kein Zimmer mehr vorstellen konnten, wo man hätte ankommen können. Sie hatten schon den »Neuen Blick«, den nur Flüchtlinge haben.

Die Treppe führte von der, auf dieser Seite über der Straße hängenden Eisbahn, herunter, er konnte nur den Straßenabschnitt vor dem Busbahnhof überblicken. Vielleicht wartete man auf ihn entlang der Mauer und wieder war es ihm, als komme ihm von innen der ganze Körper bis zu den Lippen herauf, die Angst drückte ihm den Magen zu, daß er sich zusammenkrümmen mußte. Es hing wieder ganz von ihm ab – niemand sonst ging die

Treppe hinab –, ob er sich auf der Straße erscheinen lassen würde, ob und wann er von der letzten Stufe auf den Bürgersteig treten würde. Er hatte sich selber in der Hand wie damals, wie vor kaum einem Jahr, als er sich draußen vor der Tür warten ließ. Damals aber war es eine beflügelnde Bangigkeit, eine fast befreiende Beklommenheit gewesen. Danach wußte er, würde er wieder auferstehen, sich des wenigen Essens, des Tageslichts erfreuen. Nie hatte er so sehr wie danach die Wunderbarkeit des Lebens gefühlt. Nachdem sich das Brennen an ihm allmählich gelegt hatte, ging er, wenn er nicht gesehen wurde, die Außentür streicheln, daß sie ihn hereingelassen hatte, als wäre er noch der, wie er davor gestanden hatte.

Er schloß die Augen und ging die letzte Stufe hinunter: er fühlte bald den breiten, geriffelten Bürgersteig unter seinen Stiefeln. Zu beiden Seiten war die Straße wie sonst, weit und breit war keiner zu sehen, der auf ihn gelauert hätte, niemand kümmerte sich um ihn, kein Mensch sah ihn auch nur an und doch gab es Fußgänger, Dorfeinwohner, die ihn kannten. Rechts vor der rundlichen Gebirgsmasse durchzogen riesige Pappeln die ganze Talwiese in einer geraden Linie, sie säumten einen Entwässerungsgraben und er hatte es sich immer gewünscht, wenn ihn das Heimweh wieder einmal befiel, ihnen entlang zu gehen, als könnten sie bis zum Elternhaus reichen. Weit hinten in der leeren Öffnung in Himmelsferne lag die Aiguille de Warens, kirchenschiffartig in der Weite aufgestaut, aber die man mit vorgestreckter Hand auf einmal ganz verschwinden lassen konnte und dennoch so groß war, daß sie die ganze Landschaft einnahm. Als sie einmal über einen anderen Weg zu Fuß zum Markt nach Sallanches hinuntergegangen waren, hatte er den Berg sich ausbreiten sehen. Der Weg schnitt durch einen Abhang, der wie eine grüne Brandung herunterstürzte, so weit, so ausgedehnt, mit so vielen Wiesen und kleinen Laubwäldern dazwischen, daß er wie eine schräg gelegene Landschaft in eine andere, viel weiter unten gelegene zu münden schien. Er war so groß, daß es den Atem verschlug und dann, hinter dem im blau-morgendlichen Dunst gelegenen Tal, erhob sich die andere Seite, wo ganze Dörfer Platz fanden und darüber, in der unheimlichen Stille, das sich immer weiter verschiebende Gebirge der Aiguille de Warens und der Aiguille de Platé.

Und immer tiefer waren sie hinuntergestiegen zwischen den Obstbäumen. Um sie herum lagen große runde Schatten in der Sonnenflut, immer ein wenig heller und kleiner, je größer die Entfernung wurde. Zwischen den Obstgärten war er freudig mit den anderen den hellsandigen Weg hinuntergegangen, sich auf die Rückfahrt im Bus freuend. Es war damals noch eine Zeit ganz ohne Angst gewesen.

In die andere Richtung, nach links hin war er kaum noch aus dem Dorf heraus gewesen, da war das Tal breit, die Straße verlief geradeaus von Anhöhen und kleinen Abhängen unterbrochen, hinter denen sie dann wieder anfing, schmaler, undeutlicher, strichartig. Vom Heim aus, bei Wetteraufhellungen, wenn der Wind wieder einsetzte, hatte er die letzten Berge gesehen, hinter denen die französischen Ebenen lagen, wo die Schlösser und Kathedralen standen. Er hatte sich die braunen hölzernen französischen Schnellzugwagen ein wenig wie vornehme ältere Damen vorgestellt, die ein wenig steife, wie präparierte Bahnhöfe anfuhren.

Er sprach nun schon lange völlig akzentfrei Französisch und keiner, der ihn nicht kannte, konnte von seiner Herkunft wissen. Kurz bevor er in den Bauernhof in Sicherheit gebracht wurde, hatte er noch die beste Französischarbeit geschrieben und doch kannte er vom Land nur das Gebirgsdorf und die Kleinstadt, Sallanches, wo sie zu Besorgungen hinfuhren. Von den Gegenständen, die es gab, hatte er kaum einige gesehen: kaum Stühle oder Sessel, die gab es nur im Zimmer der Direktorin, für die Schüler nur Bänke, auf denen man nie alleine saß und nie den richtigen Abstand zum Tisch bekam. Nur einmal hatte er sich hineinsetzen dürfen, als man ihn vom Tode seiner Mutter in der Ferne unterrichtet hatte.

Die Hocker kannte er nur zum übergelegt werden, auch den weichen Teppich hatte er immer nur zur Gelegenheit einer Strafe unter seinen nackten Füßen gespürt.

Durch die Erzählungen aber und die Worte der anderen hatte er sogar die Geräusche und

Gerüche des Landes mitbekommen, den Geruch der Métro würde er sofort erkennen: süßlich-trocken und würzig-staubig. Er sah das Glimmen der Mikateilchen auf den Stationsstufen. Das Geräusch der abfahrenden Métro hatte ihm ein Schüler nachgemacht, einen helltönenden, metallenen Sing-Sang, der diesem auf einmal vor Heimweh eingefallen war: auf seinem Bett im Schlafsaal sitzend, halb ausgezogen, die Ellbogen auf die Schenkel gestützt, war er in ein helles Weinen ausgebrochen, nur weil er sich selber die abfahrende Métro vorgespielt hatte. Der Knabe hatte auch schon von seiner großen Balkonwohnung am Boulevard des Capucines erzählt und von seiner Mutter, die angeblich so oft Kopfschmerzen hatte und immer Pelze trug. Er hatte versucht, ihn zu trösten, und ihn umarmt, damit er nicht mehr weine, und sich entrüstet, daß die Mutter ihn nicht wieder mitnehmen komme.

Aus dieser Richtung war er damals auch gekommen: Chambéry, ein Name, der der Sprache nachklang: er hatte etwas Hohes, Gestelztes, Hellbraungestrichenes, etwas Luftiges und Altertümliches zugleich: es kamen ein wenig schrille Stimmen von einem umzäunten Tennisplatz oder es wurde aus einer im hohen Tor ausgespannten kleinen Tür im Filzhut herausgegangen. Er wäre auch so gerne mit dem ockerfarbenen Bus, der immer hinter sich selber herzufahren schien, nach Faverges gereist. Da stand, er hatte es einmal auf einer Postkarte gesehen, eine breite, wuchtige Kirche, wie sie es in der Heimat, in Vierlanden gegeben hatte. Wenn man dann weiterfuhr, hatte er sagen hören, käme man durch warm-wabernde Obstgärten bis an den See von Annecy, den er sich immer erträumt und nie gesehen hatte.

Der Weg war frei. Man sah bis in das Herz des Dorfes hinein, die Häuserfronten der Straße entlang waren zu einer einzigen Masse geworden. Er ging nun durch das Dorf und wunderte sich, daß er keinen Rucksack zu tragen hatte. Vielleicht hätte man ihn noch weniger bemerkt, wenn er etwas getragen hätte wie sonst immer, er wäre nützlich erschienen, brauchbar und keiner hätte sich gedacht, es stimme etwas nicht mit ihm. Die Last hätte ihn niedergedrückt, er hätte mit dem Gesicht nach unten gehen können, man hätte ihn nicht durchschaut, aber so würden die Deutschen, die im Dorf waren, doch sofort verdächtig finden und verstehen. Es lief ihm kalt den Rücken herunter, wieder stand die Angst in ihm, mit seinem eigenen Körper herum. Wenige Leute waren auf der Straße, und wie er trugen sie holzbesohlte Schuhe, am Geräusch fiel er nicht auf.

Alle möglichen Ausreden schossen ihm durch den Kopf, warum er denn so schlaksig und anscheinend unbesorgt dahingehe, aber kein Mensch kümmerte sich um ihn. Mit Marmeladeeimern an jeder Hand oder brotbeladen hatte man ihn schon oft gesehen, diesmal ging er eben einmal ohne. Hotelkunden hatten sich sogar im Internat beschwert, daß man ihn unter Kartoffelsäcken eingeknickt gesehen hätte, daß es eine Schande sei, wehrlose Internatsschüler derart zu mißbrauchen. Trotz seiner verheulten Beteuerungen hatte man geglaubt, er habe sich beschwert, an Unbekannte dazu und ihn bestraft, vielleicht, weil man unter den Tränen die tatsächliche Unschuld festgestellt hatte.

Nichts hatte sich geändert: die Apotheke

im runden Turm mit dem spitzhäubigen Dach, wie auf dem zu kurzen Gebäudestumpf übergangslos heruntergelassen. Um den Platz herum standen die Hotels und Gasthöfe, sie waren offen wie immer.

Auf der anderen Seite des Platzes fing ein Dorfteil an, den er weniger kannte, und es überkam ihn eine zusätzliche Befürchtung, er könne den Bauernhof verfehlen oder nicht erkennen und würde durch sein Hin und Her, durch sein Zögern und Stehenbleiben auf sich aufmerksam machen.

Vielleicht könnte er in der Pfarrei nach dem Weg fragen. Erhöht lag sie schräg zum Platz hin, mit der Tür in der Mitte, dachgescheitelt schien sie einen anzusehen. Einmal war er dorthin geschickt worden, etwas auszurichten. Er war die Steintreppe hinaufgestiegen, man stand dann über dem Platz, auf einem balkonartigen, mit Fliesen ausgelegten Vorgarten, wo Stauden wuchsen. Ein langer, holzgetäfelter Korridor führte ins Haus hinein, an die Wand gelehnt, schon tief im Inneren des Gebäudes, das hatte ihn erstaunt, hatte ein Fahrrad gestanden mit dem blankgewetzten Sattel darüber, der zu warten schien, als wolle er immer tiefer ins Haus hineinfahren. Ein Priester plötzlich aus einer Tür herausgetreten, hatte ihn angesprochen und er hatte sich knabenhaft ungelenk und schuldig gefühlt vor diesem Mann in schwarzer Soutane, es war ihm gewesen, als wachse er aus seinen Kleidern heraus, als stünde er vor ihm, so wie er war: schuldig und als wüßte der Mann schon alles. Erleichtert war er dann die Treppe wieder hinuntergegangen, froh, evangelisch zu sein und nicht wie die Katholiken beichten zu müssen. Es hatte nach Kohl und Küche gerochen.

Beim Gehen, jetzt, fühlte er sich zu groß für sich selber, zu hoch über dem Erdboden. Vielleicht sahen die Pferde den Boden unter sich, wie er ihn sah: er ging immer schneller mit gesenktem Kopf, um die im Straßenbelag eingefaßten Steinchen sich in längliches, nebeneinander verlaufendes Gestrichel verwandeln zu sehen.

Auf einmal erfüllte das bis dahin nicht wahrgenommene Rauschen des Sturzbaches den ganzen Raum, ein ununterbrochenes Getöse, aus dem man einzeln die rollenden Steine heraushörte. Zugleich zogen über die weite Talöffnung die Wolken unter der Sonne dahin, obgleich in Dorfhöhe das Laub sich nicht bewegte.

Unerwartet, zeitlos, blitzartig kam ihm die ganze Reise nach Castiglioncello wieder vor Augen. Hoch auf dem Bahndamm war der Zug dahingedröhnt in einer sich bis in weite Fernen ausstreckenden Ebene, ab und zu erschienen gelb glänzende Häuser, zu denen lange pappelngesäumte Wege zogen. Es war eine lichte, in der Ferne von blauen Hügeln umgebene Fläche, über die in entgegengesetzter Richtung von der Sonne rosa angeleuchtete Wolkenstreifen zogen. Die Bahn hatte eine riesige Kurve wie am Rand einer Scheibe gefahren. Man ging für die Ferien ans Mittelmeer, in ein großes, leeres Haus, von innen um sich selber gezimmert, um welches herum hohe schweifende Pinien standen, die vom Balkon aus gesehen aus der Luft herausgewachsen schienen. Es war eine Reise in die Zukunft gewesen, voll Landschaftserwartungen und jetzt zogen wieder solche Wolken quer über das Tal.

Gerade als sich die Aussicht wieder erweiterte, nach der Kurve der Straße, sah er sie in einem zeitlosen Augenblick: vier deutsche, feldgrau uniformierte Soldaten, die ihm entgegenkamen auf der ganzen Straßenbreite. Alles war sichtbar, wie eingerahmt. Vier! Angst empfand er keine, er lächelte vor sich hin, trällerte und fühlte beim Gehen genau den Umfang seines Körpers nach, von unten herauf, wie im Leerraum ausgespart, die Knöchel, die Waden, Schenkel, Lenden, bis in die Schulterhöhe hinein, er empfand, wo er aufhörte, wie hoch und breit er war. Vor ihm, hinter den Deutschen, fing die ansteigende Straße wieder an, als ginge niemand drauf, als wäre sie schon immer leer gestanden, es gab keinen Bürgersteig mehr. Irgendwo, ohne daß er es überhaupt bemerkt hätte, hatte der Bürgersteig aufgehört, waren die Ritzen zwischen den Trottoirsteinen verschwunden. Die Stelle, wo es gewesen war, mußte er unbedingt wiederfinden. Kurz vorher hatte es sie noch gegeben.

Nun waren sie alle fünf auf gleicher Höhe, noch drei Schritte und von oben gesehen, aus der Vogelperspektive, hätte man fünf Punkte, vier grün-graue und einen marineblauen quer durch die Straße gesehen. Auf dem Foto hätte es wie eine Sperre mit Pfosten ausgesehen oder wie ein Gitter zwischen zwei Dorfteilen, verständlich, dazu, in solchen Zeiten. Einer der Soldaten blickte ihn im Vorbeigehen an, es gab eine Schulterlinie, ein Vorbeihuschen und schon lag wieder die ganze Straßenbreite vor ihm, der tellerbreite, rosafarbene Belag mit den unzähligen im Asphalt fixierten Steinchen. Er drehte sich nicht um und doch wußte er, daß er vier Rücken sehen würde, senkrecht feldgraue Flächen, die sich fortbewegten. Er verlangsamte seine Schritte, nichts passierte, sie entfernten sich immer mehr und als er nun endlich zurückblickte, standen sie vor dem Gemüseladen und er hörte einen sagen: »Kaufen wir mal Äpfel.«

Zwischen zwei weißgetünchten, hervorbauchenden Häusermauern öffnete sich ein Schattenstreifen, das war der Wegansatz. Langsam kurvte er hinein und sofort fing es an, steil zu werden. Als wäre die Straße nur eine Kulisse gewesen, wurde es sofort eine schluchtartige, tief eingeschnittene, rauschende Gebirgslandschaft. Jetzt, da er alleine war und nicht mehr gesehen wurde, fing er zu laufen an, die Kieselsteine rollten unter seinen Füßen weg. Zu einer Seite war der Weg vom dunkelbraunen, fast senkrechten Hang überragt. Auf der anderen Seite kamen zuerst nur Tannenwipfel bis zum Wegrand heran, die aber, je höher er stieg, ganze Bäume wurden, bis sich die beiden Abhänge zu einer riesigen, vom Weg durchzogenen Wiese vereinten.

Vielleicht war es die Wiese, auf der die Fallschirme aus London für den Widerstand niedergegangen waren. Es war an einem Nachmittag gewesen mit einem zweigeteilten Himmel: Sonne stand vor dem Regen und ein Teil der Bergflanken lag unter dem präzisen Licht so deutlich, daß man jede Einzelheit im gelb durchsonnten Regen wahrnehmen konnte. Und plötzlich, ohne daß man, des Gegenwindes wegen, die Flugzeuge gehört hätte, waren weiße, dann ins Schwarze kippende Fallschirme heruntergeschaukelt. In der Stille der Landschaft schienen sie zu groß und die langen schwarzen Container verschwanden rasch hinter den Bäumen. Unter den herunterhängenden weißrunden Stoffschirmen zog sich das Tal zusammen, schrumpfte ein, als wäre es für solche Gegenstände zu klein. Also auch in der Ferne, in London, von woher die Flugzeuge kamen, wußte man von dieser Landschaft, von diesem Tal.

Als er am Wiesenrand ankam, mußte er sich am Wegrand hinsetzen, um wieder zu Atem zu kommen, er keuchte und es war ihm, als sitze er auf der anderen Seite der Schlucht und hörte hinter den Tannen das Keuchen mit. Nach und nach legte sich sein Atem aber, und auf dem kurzen Gras sitzend, wo es noch teppichartig den Waldrand bildet, eine Handbreit weiter und es liegen nur noch braune Tannennadeln auf dem Boden, überkam ihn in der Ruhe des Mittags auf einmal das Lachen; er sah sich da sitzen, die Knie vor sich vorgestreckt wie Sessellehnen in Gesichtshöhe und auf einmal schallte das Lachen aus ihm heraus, schüttelte ihn: unten in Reichweite waren die Deutschen vielleicht noch beim Apfelkaufen und ihn sollten sie mitnehmen! Er selber glaubte nicht einmal jetzt daran, er war doch nur ein Schuft, ein Betrüger, er wollte, wie es die Anstaltsleiterin doch immer wieder sagte, sich nur interessant machen, sich vordrängen, bemerkt werden. Er hatte das alles erfunden! Es war ganz richtig, ihn mitnehmen zu wollen, Leute wie er durfte es nicht geben und dazu noch das alberne Am-Wegrand-Sitzen und der eigene Körper war es, der da mitmachte. Allmählich legte sich sein Lachen. Zum Glück trug er die alten, abgewetzten Schihosen, da er doch nichts anderes hatte. Das marineblaue Tuch schützte ihn vor dem eigenen Anblick. Den Hemdkragen, den er der Hitze wegen aufgeknöpft hatte, machte er wieder zu. Höchstens Hände und Gesicht durften gesehen werden.

Als die Mittagsglocken übernahe, so laut ertönten, wie er sie noch nie gehört hatte, war es ihm, als stünde er selber im Glockenturm. Vielleicht war er gar nicht er selber, er war einem nur begegnet, der behauptete, man setze ihm nach. Dabei hatte er nur gelogen, ringsherum lag doch alles in der Mittagsstille, das Tal, die Hänge. Links senkte sich die Wiese wieder zu einem Tannenrand, an dem sich der Weg weiß, leuchtend, breit ausgetreten, entlangzog mit länglichen Schattenzungen.

Er fühlte sich da stehen, warum war er denn nicht ein anderer, ein Beliebiger? Warum war er gerade er? Am liebsten – wie er es doch früher so oft getan hatte – hätte er sich geschlagen, schallende Selbstohrfeigen. Er hätte mitgeholfen, sich abzuschaffen, und doch hatte er sich nicht bei den Deutschen im Vorbeigehen gemeldet: »Ich bin einer von denen, ich gehöre mitgenommen.« Er hatte schon den ganzen deutschen Satz bereit, aber er war ihm doch nicht über die Lippen gekommen. Er wußte nicht einmal richtig, wer da mitgenommen werden sollte. Es war immer wieder, auch im Internat, von Juden die Rede gewesen, die gesucht wurden. Im Heim hatte man ihnen auch einen kleinen polnischen Juden vorgestellt, der im Heim aufgenommen worden war, er blieb nur einige Tage und alle waren nett zu ihm gewesen und hatten ihm zugelächelt. Er, er hatte ihn unentwegt angeschaut und hatte sich an seinem schmalen Gesicht und seinen glatten, zur Seite gescheitelten Haaren nicht satt sehen können, von denen er vielleicht selber nicht wußte, wie sie gerade lagen. Wie jeder andere Junge war er und gehörte dennoch zu denen, die abgeholt werden sollten; sie waren Juden, er war auch einer, hatte man ihm gesagt, aber nicht einmal diesem Jungen durfte er es anvertrauen. In sich fühlte er nichts davon, es sei nur, es sei das Andere, von damals, dem er sich nicht mehr hingab. Unten gab es ihn nicht mehr, er war nur oben, er sah nie nach unten an sich selber herunter. Er schaute immer geradeaus, vor sich hin, damit man ihm nichts Verheimlichtes nachsagen könne.

Jetzt zog sich der Weg an der Wiese entlang hinauf, ganz am Rand der Schlucht, als habe man Platz sparen wollen. Vor ihm, an einer tannengesäumten Mulde, mußte der Bauernhof liegen, wo er hin sollte. Je höher er stieg, desto mehr erweiterte sich der Ausblick über die Wiese, auf die die Fallschirme geräuschlos niedergesunken waren. Vielleicht hätte man ihn auch über das Tal herunterhängen sehen, splitternackt, von allen Gaffern von unten beguckt, mit dem winzigen Gehängsel, ein wenig höher über den Fußsohlen. Von weitem hätte man zuerst nur das Hellweiße des Körpers unterscheiden können.

Wieder schüttelte ihn das Lachen, unwiderstehlich, schallte aus ihm heraus: so nackt am Himmel hängend, hätte man nicht gemerkt, daß er es war, man hätte sich nur gewundert. Er schüttelte sich immer mehr, klappte auf und zu vor Lachen; am liebsten hätte er sich mit der Selbsthaubitze in die Luft geschossen, zugleich Geschütz und Geschoß. Mit dumpfkurzem Geplumpse wäre er über das Tal geschossen und sirrend auf Dächer, Gärten und Wiesen gefallen und wippend darin steckengeblieben. Es hätte geradezu an ihm gehagelt und über das ganze Tal hätte man jedesmal das dumpfe Abfeuern gehört. Oder er wäre selbst sein eigener Preßlufthammer gewesen, wie er sich selbst an den beiden runden Griffen gehalten hätte und Hopp-Tschipoff, Hopp-Tschipoff! über den Dorfplatz gehopst wäre, Hopp-Tschipoff, pflasterklatschend, unerkannt!

Er mußte sich an eine Tanne lehnen, vor Lachen schossen ihm die Tränen aus den Augen, er sah alles nur noch flimmernd verschwommen in überlaufenden Farben und dabei schwebte er in Lebensgefahr und suchte sich sein Versteck!

X

Den Bauernhof hatte er sehr rasch gefunden an der Senke zwischen Wiese und Schlucht, im Schatten, von Tannen umpflanzt, kaum sichtbar vom Weg aus.

An der Längsseite war die Tür offengestanden, als erwarte man ihn. Es war ein Gang, wie im ersten Bauernhof zwischen Holzwänden, aber hell gestrichen, mit der Küche am Ende, deren Fenster aber viel größer war und einem Emailleherd, dessen Feuerrohr nicht in eine Öffnung im Dach stieß, sondern weiß gestrichen in die Decke.

An einem auch parallel zum Herd gestellten Tisch saßen sie an einem weiß-rot karierten Wachstuch beim Mittagessen, der Bauer mager, klein, in blauer Kluft, die Schirmmütze auf dem Kopf, das Opinel-Messer in der Hand, die Bäuerin hochgewachsen mit blonden Haaren zu beiden Seiten des Gesichtes, sie sah wie eine Städterin aus, und, einander gegenüber, die junge Tochter und der Sohn, in seinem Alter, ein wenig stämmig schon, wie sprungbereit.

»Du bist es also«, sagte der Bauer und man ließ ihn sich an den Tisch setzen. Der Teller vor ihm, ein weißer Suppenteller, wurde ihm mit weichem, am Rande gebräuntem Omelett und Bratkartoffeln gefüllt.

Als ihm die Nahrung den Mund füllte und das Weiche des Omeletts ihm am Gaumen zerging und er den herrlichen Geschmack fühlte, überfiel es ihn unerwartet, auf einmal.

Er sah sich noch die Gabel gegen den Tellerrand legen, es war eine schwerere als im anderen Bauernhof, mit leicht geschwungenem Griff, und dann plötzlich, unerwartet heulte es aus ihn heraus, die Tränen fielen ihm in den Teller, Weinkrämpfe schüttelten ihn, er konnte sich nicht zurückhalten. Der Bauer, der ihm gegenüber saß, hatte zu essen aufgehört, mit Messer und Gabel auf halber Höhe in den Händen, blieb er mit den Ellbogen aufgestützt, auch die anderen aßen nicht mehr, sie genierten sich, vor solchem Kummer ihr Essen zu genießen.

Er schämte sich, er störte Unbekannte beim Essen, eigentlich weinte er ohne Grund, er war doch hier zur Erholung, zur »Futterkur« als unterernährter Städter, er hatte das Glück, sich satt essen zu können und spielte dabei das verfolgte in Todesgefahr schwebende Kind, das man seiner jüdischen Herkunft wegen umbringen wollte. Er hatte sich nur ein tragisches Schicksal angeeignet, um sich interessant zu machen und die Aufmerksamkeit auf sich zu lenken –, »Du brauchst dich nicht zu sorgen, hier findet man dich nicht«, sagte der Bauer.

Nach dem Essen wurde ihm sein Zimmer gezeigt. Neben der Abstellkammer des »cortonne«, wie im ersten Bauernhof, er wohnte da wieder quer den anderen gegenüber unter dem selben Dach. Seine Kammer war diesmal aber fast leer, zwei zugesperrte Wandschränke standen nebeneinander, doppelgesichtig, und er schlief, er merkte es erst, als er am Abend schlafen ging, auf einer Matratze.

Kühe gab es keine im Stall, das wunderte ihn, ein Bauer ohne Kühe; der Hof war schon lange aufgegeben worden. Neben dem Haus stand ein höherer schindelbedachter senkrechter Holzbau. Der Bauer machte ihn mit einem großen Eisenschlüssel auf. Er enthielt einen riesigen Kornspeicher: wie ein Haus im Haus, von oben beleuchtet, eine dunkelgelbe Umhölzung: In der Dunkelheit zwischen den Holzwänden war wenig Platz, das Auge mußte sich erst an den Halbschatten gewöhnen, bevor es den Leerraum wahrnehmen konnte, der unter dem Kornspeicher lag. Nur auf vier dicke Holzpflöcke gestellt, stand er da riesig, wie um sich selber gestülpt.

Sollten die Deutschen oder die Miliz kommen, so würde er unter den Kornspeicher rutschen müssen, und der Bauer würde dann die vier langen Bretter, die er dafür vorbereitet hatte, davor einsetzen. Er hätte in diesem Fall durch eine kleine Verbindungstür, die er ihm zeigte, hinauszugehen, dann bliebe noch ein kleiner Freiraum, bevor er den Speicher erreichen könnte, wo er allerdings von überall sichtbar sein würde.

Auch dürfe er nur vor der Tür spielen oder sich aufhalten, er verbiete ihm, auf die große Wiese hinter das Haus zu gehen. Man könne nie wissen, es könnte auffallen. Die Tannenlinie oben kurvte in die Wiese hinein, die geradlinig vom Himmel abgeschnitten lag. Nahtartig lief der Weg zwischen Waldrand und Wiese.

Tagelang blieb er in der Senke, in die das Haus hineingebaut war. Vom Hof führte ein breiter Weg über eine Steinbrücke, zwischen Tannen zum Hauptweg, der Bach floß über eine Abstufung, breitete sich aus, bildete kleine Ausbuchtungen mit winzigen Ufern, Steilküsten oder Stränden. Schubweise stieß das Wasser hinein und wurde dann wieder glatt und ruhig. Mit dem Sohn über das Wasser gebeugt wurde ihm der Atem wieder weit, und doch blieb ihm das Drücken der Bangigkeit. Aus Ästen und Bretterresten hatten sie kleine Schiffe geschnitzt, er mit dem Opinel-Messer, mit dem er jetzt auch wie die Einheimischen aß, mit der Messerspitze führte man Fleisch- oder Wurststücke in den Mund, schnalzte dann mit der Zunge und putzte sich das Messer am Hosenbein und klappte es mit einem einzigen Griff wieder zu. Er war stolz, es ganz wie die anderen zu können, und beim Schnitzen hatte ihn die eigene Geschicktheit überrascht.

Die Schiffe stachen in See, und er stand

am Bug, an der Reling auf Besichtigungsfahrt, und es kamen in ihm Bilder wieder auf, vom Meer, das einmal hinter dem weißgelben Sand vor ihm, wie senkrecht, gestanden hatte. Er hockte da am Bach, eine Handweit von diesem anderen neben ihm mit nackten Schenkeln, der sich nicht zu fürchten brauchte, hier heimisch war, der seinen Heimatsfaden hinter sich herzog und zurück wußte und vielleicht ganz andere Bilder in sich hatte. Er wußte nicht einmal, wie er sich die See vorstellte. Er schloß die Augen, wenn sie die nackten Schenkel des anderen trafen.

Fast jeden Tag durfte er mit seinem Vater ins Dorf hinunter oder auf die Wiesen über dem Haus und freute sich. Während der Junge mit dem Bauer fort war, mußte er in der Küche oder ganz in der Nähe des Hauses bleiben. Es waren neue deutsche Soldaten ins Dorf dazugekommen.

Auf der anderen Seite des Hauses lag eine jetzt geschlossene Wohnung für Sommergäste oder Schifahrer, mit einer Galerie, zu der eine Holztreppe hinaufführte. Die Unbeweglichkeit der dunkelbraun angestrichenen Läden der drei Fenstertüren – es war ein blindes Stehen – ließ ihn nicht los. Immer wieder zog ihn dieses stumme Hausgesicht an, und die dunklen Zimmer dahinter fühlte er menschenleer warten. Vielleicht wäre da auch ein geeignetes Versteck gewesen, aber er traute sich nicht, den Bauer danach zu fragen.

Er sehnte sich nach der Landschaft in diesen langen Sommerabenden, die er nie anders als durch die Zweige hindurch zu sehen bekam. Wenn er die Augen schloß, war es ihm, als stünde er auf der Hochinsel neben dem Internat, mit dem ganzen Tal unter sich und allen jenen Bergen, hintereinander in der Ferne sich abhebend. Er sehnte sich ins Internat zurück, nach den Holzbetten und den sorgfältig geglätteten Bettbezügen, nach der hölzernen, matten Wärme des Dachbodens, nach dem Lateinlernen, nach den pappgebundenen Schulbüchern, vielleicht noch nach etwas anderem, das er schon kannte, aber nicht in sich aufsteigen lassen durfte, denn deswegen sollte er doch, er war dessen sicher, mitgenommen werden. Vielleicht gab es aber doch noch eine Zukunft für ihn, in die er sich dann stürzen würde, in die Dichte der zusammengedrängten, noch nicht geschehenen Tage.

Wenn jemand am Wegeingang, zwischen den Tannen, hinter der Böschung erschien, ging er an der fensterlosen Hausseite entlang und setzte sich in die Senke, nur wer ganz nahe herangekommen wäre, hätte ihn sehen können. Er saß da an die Mauer gelehnt, in Augenhöhe die Grasstauden und Felsen mit den unzähligen Rissen, Flächen, Einschlägen oder vom Winterfrost halbgelöste winzige Steinsplitter. Das lange Warten zog ihm die Schultern herunter, nahm ihm den Atem, aber anders als damals vor der Strafe; er hätte alles gegeben, um wie damals in der Ecke gekniet, mit der Eselsmütze auf dem Kopf, nur mit dem kurzen Strafhemd bekleidet, auf die Strafe zu warten. Wieder während er unbeweglich dasaß, als enthalte jede Körperhaltung die Vergangenheit, kamen in ihm Erinnerungen wieder hoch, allmählich gelang es ihm aber doch, an nichts mehr zu denken. Er war nur noch die eigene Unbeweglichkeit, wie vor schon langen Jahren, als er dem Vater Modell saß. In der Stille hörte man nur das leise Vor- und Zurücktreten des Vaters und das leise

Scharren des weißen Kittels an den Beinen und das Schaben des Pinsels auf der Leinwand. Der Vater schaute ihn mit stechendem Blick an und trug dann auf die fast senkrechte Leinwand auf, die sich ein wenig in ihrer flachhölzernen Umrahmung dabei ausbauchte.

Es war ein Spiel gewesen, minutenlang völlig reglos dazusitzen, sich in sich selber herunterreichen zu fühlen. Er war reglos gesessen und hatte in sich hineingehorcht. Auf einmal aber, halb im Traum, hatte er sich ihm zurufen hören: »Papi, male mich doch nackt!« Der Vater hatte nicht geantwortet, so getan, als hätte er nichts gehört. Es hatte ihn aber nicht mehr losgelassen; er sah immer wieder das Bild von sich selber, stehend, als Akt, er hätte seine Nacktheit gefühlt, mit dem frisch-leisen Hauch der Luft um sich herum. Der Vater hätte ihn im Keller gemalt, wo die Farbpäckchen aus gelblichem Papier lagen, mit Totenkopf und Farbstreifen, sie fühlten sich weich an, als zerginge der Inhalt unter den Fingern, wenn sie in kleine runde Porzellanformen geschüttet wurden. Der Vater ließ dann Öl oder Terpentin langsam hineintropfen, und die Farben leuchteten wunderbar auf.

Auf die Schritte des Besuchers horchend war der Gedanke daran wieder in ihm aufgekommen, er stellte sich vor, wie er splitternackt vor dem Vater gestanden wäre, schamlos ausgestellt, mädchenhaft, unreif. Er schüttelte sich vor Scham, wünschte sich, die Deutschen oder die Miliz würden ihn doch ausfindig machen; nie wieder würde er dem Vater unter die Augen treten können.

Es kamen aber auch ab und zu plötzlich Männer herein, warm und winterlich bekleidet, trotz des Sommers, mit dicken Jacken, die tiefe, aufgenähte Taschen hatten. Sie wurden vom Bauer in die Küche geführt, er durfte dann bleiben und hörte von niedergebrannten Dörfern, von erschossenen Geiseln, vom Widerstand. Es zogen auch junge Leute vorbei, die ihm vorschlugen, mitzukommen, man könne ihn brauchen. Sie stiegen in die Berge hinauf bis in ferne Täler mit unbekannten Dörfern, der Bauer aber ließ ihn nicht mitgehen.

Nun würde der Krieg zu Ende gehen, etwas Klares, Sprödes lag in der Luft, der Ansatz zu einer zukünftigen Freude. Aus Vorsicht ließ er sie aber nicht in sich aufsteigen. Im

Schweizer Radio Sottens sprach jetzt René Payot, es hatte ihn dieser französische Name gewundert, nach und nach erst hatte er entdeckt, daß in der Schweiz französisch gesprochen wurde, und jetzt hörte man da immer von der Befreiung Frankreichs und dem Sieg der Alliierten.

Aus dem nahen Dorf kamen ab und zu Rufe oder Schreie, das Fahren von Kolonnen und dumpfes Gepolter: Vor Anstrengung keuchend, war der Bauer zurückgekommen: Auf dem Dorfplatz standen deutsche Militärwagen, und Soldaten durchsuchten die Häuser, eins nach dem anderen, nach Widerstandskämpfern und Flüchtlingen.

»Schnell, nimm eine Sense und wir tun, als wollten wir mähen gehen«, sagte er, denn die Deutschen waren ihm hinterher gefahren auf der Suche nach »Terroristen«. Mit geschulterter Sense ging er dem Bauern nach. Mit der Hand hätte er gerne der sich allmählich verjüngenden Stahlkurve nachgestrichen. Die Hand wäre dann dem immer schmaler werdenden Blatt gefolgt, oder er hätte es, wie jetzt der Bauer, in der Sonne aufblinken lassen; es trug sich schwerer als erwartet, er fühlte den Wurf hinter sich herragen und mußte aufpassen, daß es ihm nicht von der Schulter glitt.

Sie gingen durch die schon gemähte Wiese, die vom Haus aus, von einer Schlucht zur anderen, wie ein grüner Gletscher zwischen Tannen eingefaßt, bis ins Dorf hinunterreichte. Nach unten brauchte man nur die Hand auszustrecken, und schon vermeinte man das Dorf zu berühren, hinter dem nahen Rascheln der Laubbäume blinkte das helle Dach der Kirche hervor, so nahe, daß man die rautenförmigen Schiefern unterscheiden konnte. Darüber erhob sich der Zwiebelturm rötlichbraun in der Sonne.

Nach oben hin stieß die Abrundung des Wiesenhangs in den blauen Himmel hinein. Im gemähten Gras verlief eine Spur, der sie wie einer kaum sichtbaren Naht nachgingen bis zum Waldsaum, wo der Bauer die Sense ablegte, als würden sie ein wenig verschnaufen, bevor sie zum weiter oben gelegenen, hohen, blumendurchwachsenen Gras gingen. Ohne Übergang, braun, tannennadelbedeckt fiel der Abhang steil, schluchtartig herunter, beim ersten Schritt schon mußte man sich an

Baumstämmen halten. Der Bauer ging als erster, es gab einen kleinen, sich von Baum zu Baum schlängelnden Pfad, den Felsen entlang, von Vorsprung zu Vorsprung.

Der Abhang öffnete sich plötzlich auf eine Erweiterung, in der eine Grotte sich auftat, vom jahrtausendlangen, kreisförmigen Treiben der Gesteine im ungeheuren Wasserstrom der Vorzeiten ausgehöhlt. Da sollte er einstweilen versteckt bleiben. Sobald die Gefahr vorüber wäre, würde man ihn holen kommen. Kein Mensch, der sie nicht kannte, konnte die Höhle entdecken. Sein Großvater, erzählte der Bauer, schon alt, hätte sie einmal, als er sich selber verlaufen hatte, zufällig entdeckt. Seitdem benutze er sie zum Ablagern von Reisig für die Feuerung.

Auf der schmalen Felsenkante gestanden setzte der Bauer schon zum Weggehen an, mit abgewandtem Körper, leicht vorgebeugt. Oben würde er wieder ans Sonnenlicht kommen, auf den von Helligkeit überfluteten weiten Wiesenhang; in entgegengesetzter Richtung mit geschulterter Sense. Es überlief ihn ein neuer Angstschauer, der den Magen eindrückte. Er stand da und flehte, ohne aber ein Wort über die Lippen zu bringen, den Bauer François Allard an, er möge mit ihm bleiben; dieser streichelte ihm die Wange und betonte abermals, er brauche sich nicht zu fürchten.

Kaum war er fort, breitete sich die ganze Sehspanne vor ihm aus: Vor der Höhlenöffnung standen die rötlichbraunen, trockenen Stämme von schweren, dunkelgrünen Zweigen durchquert, man durchblickte die Unbeweglichkeit, in die das Rauschen des Baches ununterbrochen hineinklang, und doch löste sich jedes noch so feine Rascheln, Knistern oder Schwirren vom Grundgeräusch ab. Nur von der selben Seite konnten sie kommen, in Stiefeln, auf Socken vielleicht, um ihn besser zu überraschen, der Rücken höhlte sich ihm ein, er schwitzte vor Angst.

Allmählich aber beruhigte er sich und schaute, es gab keine Himmelsfernen, er saß zu niedrig, vom Felsen überdacht. Im Heim hatte er seine »Schaustellen« gehabt, wo er minutenlang saß und die Landschaft an seiner Stelle in ihm allmählich Platz nehmen ließ. Jeden Tag vermochte er länger zu sitzen, den Blick auf einen bestimmten Punkt gerichtet, und dabei gab es so viel zu sehen, daß es in ihm nichts mehr gab und das Sehen sich in ihm immer mehr vergrößerte.

Das Rauschen reichte von unten herauf, beim längeren Zuhören war es, als verlangsame sich der Sturzbach oder staue sich auf, um dann auf einmal hervorzubrechen, es hoben sich immer wieder hinter dem regelmäßigen Brausen andere Getöse ab über verschiedenen Wasserströmungen, hintereinander, sich überlagernd.

Plötzlich, es war ihm, als spüre er vor Angst seine in ihm selber senkrecht stehende innere Körperform, hörte er Zweige knacken, und es kam eine Gestalt in die Grotte herein, die er nicht gehört hatte, es war der Bauer, den er vor der Helle, aus der er heraustrat, nicht sofort erkannte und hinter ihm, ihn als Schattenriß vergrößernd, ein anderer: Blitzschnell, in einem zeitlosen Ruck, fuhr es durch ihn durch: Man kam ihn abführen, der Bauer hatte ihn verraten: Es war ein Mann der Gestapo, ein Kollaborateur. Kurz vor dem Eingang der Höhle war eine Tannenwurzel, die wie ein Handgriff aus dem Boden herausstand, er hatte sie genau noch im Blick, zur linken Seite, da, wo man am Felsen entlang gehen mußte. Schon fühlte er in sich die Schwingung des Körpers, wie er sich ein wenig rutschen lassen würde und dann mit beiden Händen an der Wurzel festklammern würde, schon fühlte er das Schreien in sich hochsteigen, er atmete nur noch mit der Lungenspitze.

»Der Herr bleibt mit dir, er ist im Widerstand, die Deutschen und die Miliz sind hinter ihm her«, sagte der Bauer und war sofort wieder aus dem Blickfeld getreten. Der andere setzte sich neben ihn, reichte ihm kurz die Hand und schwieg, er trug eine dicke, gefütterte Windjacke, deren angenähte Außentaschen prall gefüllt waren. Über dem Gesicht stand ihm eine fast rechteckige Stirn, an der die schwarzen Haare linienartig, nebeneinander, jedes einzeln sichtbar, ansetzten, es war eine breite Stirn, unter welcher ihn schwarze, tiefliegende Augen ansahen.

Sie saßen beide da, mit angewinkelten Knien, und der Junge ahmte die Haltung des Erwachsenen nach, er drehte immer wieder den Kopf zu ihm hin, in der Hoffnung, er würde ihn anreden. Er konnte dem Drang in ihm, dem Aufwallen in der Brust, nicht widerstehen und sagte:

»Ich werde wegen meiner Herkunft gesucht«, aber der Erwachsene zeigte ihm, er solle schweigen, wies mit dem Daumen nach draußen.

Aber dann erzählte er ihm doch von den ausgebrannten Dörfern, von den in Saint-Eustache hinter Annecy erschossenen Dorfbewohnern, von seinen vielen in Konzentrationslagern umgekommenen Kameraden und von den von überall mitgenommenen jüdischen Kindern und Frauen, auch aus Kinderheimen hatte man sie mitgenommen. Einmal sogar hatte sich ein Kind festgeklammert und geschrien, weil es schon alles wußte.

Auch er hatte schon alles gewußt und die Tiere darum beneidet, daß sie nicht er waren, die Käfer sogar, die Kühe und Hunde schaute er lange an, vertiefte sich in sie und sah es sich an, wie man nicht »er« zu sein brauchte: Er hatte gewußt, daß man ihn töten würde, alle, die wie »er« waren, nur wußte er nicht, wie das war, gehörten abgeschafft, es war etwas, das er in sich hatte und wovon er nichts wußte, wortlos war das in ihm, das Jude sein war etwas, wovon er nichts wußte; er hatte es sich tagelang überlegt: Er war doch evangelisch und hatte mit Inbrunst das Vaterunser gebetet und immer wieder kleine Gebete an den Heiland gerichtet, aber dann, als die Deutschen gekommen waren, ihn abzuholen, war die Angst so groß gewesen, daß man nur noch an seine Gesten gedacht hatte, an das Laufen, an das Um-sich-blicken. Später hatte er sich dann nicht mehr getraut. Gott war nicht da, um ihm zu helfen, sondern einfach um Gott zu sein.

Auf einmal, als hätte es ein Zeichen gegeben, erhob sich der Mann neben ihm; die Windjacke füllte die Höhlenöffnung aus, und dann war sie wieder leer. Über dem Rauschen des Baches hörte man das Knacken der Zweige unter den Schritten des sich entfernenden Mannes. Der Felsenvorsprung, die Bäume, alles blieb wie sonst, der Landschaft sah man nichts an. Er blieb reglos sitzen, vielleicht würde er vor Unbeweglichkeit zur Höhle gehören, und man würde ihn übersehen.

Wie aus dem Traum heraus, er war wohl eingeschlafen, hörte er sagen: »Ne crains rien, c'est moi!« Du brauchst dich nicht zu fürchten, ich bin es. Es war fast dunkel, so lange hatte er also geschlafen. Vor der kaum noch hellen Grottenöffnung stand die schwarze Form des Bauern.

Die Deutschen seien abgezogen, man habe gehört, die Amerikaner seien bereits in Annecy. Die Deutschen hätten die Kommandantur verlassen, er habe es selber gesehen. Samt allem Zubehör, mit Tintenfaß und Garnitur, hatten sie die Schreibtische in Lastwagen hineingetragen. Sollten sie dennoch wiederkommen, würde man Zeit haben, sich zu verstecken, er wisse doch, daß es nur eine Straße zum Dorf herauf gebe, die von überall übersehbar ist.

Man hatte noch einige Tage gewartet: Mit dem Bauer ging er nun über Feld und Wiesen oder der Waldschlucht entlang; an den Tannen hatten sie Harz geschabt und es mit einem Spachtel in einen Marmeladeeimer hineingestrichen, ein Mittel gegen Gelenkrheuma, er war stolz gewesen, dabei zu helfen.

»Jetzt kannst du wieder zurück. Im Heim wirst du erwartet«, hatte ihm der Bauer dann gesagt. Sie hatten sich lange die Hand geschüttelt, die Bäuerin gab ihm einen Kuß: Er versuchte ihn noch lange nachzufühlen, den runden Kontakt an der Haut zu behalten.

Er ging, wieder mit leeren Händen, in die entgegengesetzte Richtung, zum Dorf hinunter; unten lag die helle Öffnung zur Dorfstraße zwischen den Häuserrücken. Als er auf die Straße kam, war es ihm, als sähe er sie zum erstenmal, er bewunderte es, wie sorgfältig die Bordsteine des Bürgersteigs aneinandergefügt, wie liebevoll sie gemeißelt worden waren, wie glatt das Eisengeländer gegenüber doch war; es gab unzählige Dinge nun zu entdecken, die er noch gar nicht richtig wahrgenommen oder sogar gesehen hatte. Im Dorf erlebte er die Bewohner anders, sie gingen langsamer, sprachen lauter, blieben wieder vor ihren Türen stehen. Man nahm sich wieder Zeit.

Die Läden, die Regale, die Marmortheken, die Ladentüren, in welchen sich die Häuser von gegenüber schräg abspiegelten, wenn sie geöffnet oder geschlossen wurden, das alles hatte er noch nie so gesehen, es war ihm sonst immer von der Hast und der Unruhe überdeckt worden, es waren bloße Wegmarkierungen gewesen, Fluchtschneisen. Er hatte immer nach Passagen und Durchlässen geschaut, ob sich im Schatten eine Lichtspalte öffne. Lange blieb er vor dem Laden stehen, wo sich die Deutschen damals Äpfel gekauft hatten, es war schönes Wetter gewesen: ein Doppelfenster mit offener Tür und der Auslage davor, wo jetzt Tomaten und auch wieder Äpfel lagen. Einige Schritte noch und schon lag vor ihm die helle Erweiterung des Dorfplatzes, wo auch schon die Sommerkutschen für die Touristen standen. Davor unterhielten sich die Kutscher, gruppenweise, während die Peitschen in ihren Behältern am Bock an sich selber herunterbaumelten.

Er machte wieder kehrt und ging zurück, um die gerade gegangene Strecke noch einmal abzugehen und so zu sehen, wie er sie am Tage seiner Flucht vom anderen Bauer gesehen hatte, um die Strecke ohne Angst wieder zu erleben. Er stand wieder vor dem selben Laden und hätte am liebsten hineingelacht – das traute er sich aber noch nicht zu. Auch Äpfel hätte er sich gekauft, aber dazu würde er lange noch nicht den ersten Centime haben. Er sog den Umfang, die Farbe des Ladens in sich hinein, wie jeder andere ihn auch sah. Er war nun ein beliebiger anderer, er konnte stehen bleiben und sich den Schatten des Bürgersteigs, eine schmale dunkle Linie am Straßenrand, ansehen, so lange er wollte.

Die weiten Gebirgsketten tauchten, je höher er die Abkürzung hinaufstieg, hinter den nahen Waldungen wieder auf. Die Landschaft wurde immer weiter, atemberaubend, und doch kannte er sie schon seit Jahren und war immer noch erstaunt, daß sie so groß und grün sein konnte. Die Steinchen, die unter seinen Schritten wegrollten, die Regenrinnen im steilen Weg, wie kleine Schluchten, die sich hineinschnitten bei jedem Sturzregen, hatte er alle so oft schon gesehen, jetzt war aber alles anders, man hatte Zeit, *Sehzeit*, der Atem ging ihm leicht, er konnte die Arme ausbreiten, nichts konnte ihm mehr passieren, er war ja am Leben.

Die Stelle, wo der Bach sich legte und ein kleines Becken bildete, hatte er nun überschritten, die Häfen an den Steinplatten waren bereit. An einer Stelle konnte man die Schiffe sogar langsam hineinrutschen lassen, er hatte es mit einigen kleinen Zweigstücken versucht, es war eine Werft. Sie trieben langsam im Becken umher, bevor sie vom Strom heruntergerissen wurden, ein wenig weiter, vom glatten Wasserkamm, der sich wie aus einer Kanne durchsichtig und flach ergoß. Jetzt würde er spielen können, die Spielerwartung füllte ihm den Körper, eine kompakte Lust, er blieb lange sitzen und ließ in sich die Gesten wieder entstehen, mit denen er spielen würde und fühlte sie schon in den Handgelenken vor.

Das Messer zum Schiffeschnitzen lag da im Keller, im Loch hinter dem Geröhre, er wollte, sobald er wieder im Heim wäre, nachsehen.

Das hohe Licht, die Farben, die Matten und die Berge erhoben ihn, er war voll vom Dasein, vom Gefühl, daß er da war. Er hatte nun, nach der scharfen Kurve, den steilsten Teil der Abkürzung erreicht, die nahtartig den Abhang durchzog. Fast ganz oben zweigte dann, perpendikulär, der waagerechte Pfad zum Internat ab.

Der Abhang unter dem Heim bildete eine dachartige Fläche, aus deren Schräge die Fußgänger senkrecht herausstanden. Zur Linken war der Wiesenhang vom wohlbekannten

Wäldchen gesäumt. Auch an das Wäldchen hatte er die ganze Zeit kein einziges Mal mehr gedacht, und jetzt konnte er auf einmal kaum noch atmen. Mitten unter den anderen Baumarten wuchsen die weißen Stämme der Birken oder das dünne durchsichtige Gezweige der Haselsträucher, er wäre beinahe über die Wiese gegangen, um wieder eine Gerte durch die Finger gleiten zu fühlen, die Birkenzweige fühlten sich speichenartig in der Hand an, wenn man sie brach und zur Rute aneinander legte, wie sie, vier oder fünf, zu bündeln waren. Ein Taumel ergriff ihn, es überkamen ihn Bilder von damals, er wünschte sich selber wieder unter der Strafe, den Blicken der Mitschüler ausgesetzt, strampelnd, ausschlagend und trotz seines Alters, als Sechzehnjähriger, wieder vorgenommen. Vielleicht würde es das alles wieder geben, es würde sich alles wieder an damals anknüpfen, als ob nichts gewesen wäre.

Vielleicht schaute ihm die Anstaltsleiterin von oben durch das Fenster ihres Büros zu und dachte an seine bevorstehende Abstrafung, ob er sich noch fügen würde. Sie konnte nicht ahnen, daß er sich darin einrichten würde, zur Verfügung für jeden stehen würde. Er ließe sich dann mitnehmen, zu allem bereit, hatte er denn nicht überlebt? Der Schmerz, die kaum zu ertragende Schande, sein Strampeln, seine Infamie und Lächerlichkeit, seine doch nur erlogene Kindhaftigkeit, das würden nur Beweise sein, Lebenszeichen, die er an sich selber nachschmecken würde. Sollte sie ihn in die Ecke stellen mit der Eselsmütze auf dem Kopf, als fast Siebzehnjährigen, und ihn danach strafen, wie vorher, es wäre doch triumphal, er würde dabei das Leben in ihm vorbeidauern fühlen, als tägliche Gnade.

Je höher er gestiegen war, desto heller war der Himmel geworden, die Luft frischer, deutlicher. Ganz im Hintergrund, wo sich das Tal auf die Ebenen öffnete, auf die Ebenen, wo die großen Städte wie Lyon lagen, wo es dann weiter nach Paris reichte, hatte sich die Wolkenschicht wie ein Vorhang zurückgezogen. Ein gerader Schnitt, als wäre er mit dem Lineal gezogen, teilte den Himmel auf, golden, leise ins rosablau verlaufend zum Horizont hin, die andere Himmelshälfte war dunkel, hing schwer bewölkt mit violetten Wallungen, die in die Tiefe der Wolkenschicht Schwellungen und Einschnitte zeichneten.

Jetzt auf Höhe des Heims, fühlte er den Blick der Direktorin auf ihn gerichtet, sie würde ihm, sobald er eingetreten wäre, sogleich vorwerfen, unangemeldet zurückgekommen zu sein.

Vielleicht gab es nicht einmal etwas zu essen. Bis zum Abend würde er warten müssen. Wo sollte er schlafen, wieder neben der Küche oder doch mit anderen im Schlafsaal? Er war gespannt auf das, was ihn erwartete, er wußte nun von sich selber und hatte nichts mehr zu fürchten.

Auf einmal, er war schon fast ganz oben, fingen die Glocken zu läuten an, ein zuerst schwacher Schall, der beinahe schüchtern die Stille durchklang, zuerst in zögernden Zeitabständen, es mußte sich der Glöckner erst einspielen und sich am Seil hochschwingen. Bald aber erhob sich das Dröhnen aller Glocken zusammen, die Sturmglocke, die Stundenglocke und die Gottesglocken, wie sie noch nie zusammen geklungen hatten. Das Läuten übertönte das ganze Tal, als wäre es die Stimme der Landschaft.

Es war ein Klang, wie man ihn in Sonntagsgärten hörte, bei dem man sich weite Horizonte vorstellte, ein Klang, der den Körper erleichterte und beschwingte, er reichte von Kirchturm zu Kirchturm, es war, als sei man selber ganz aus diesen Tönen gebildet. Lange läuteten die Glocken über dem Tal die Befreiung in ganz Savoyen ein.

Fresneaux-Montchevreuil, am 4. XII. 1993